学びの素顔

物語で描く「学び合う学び」

石井順治

世織書房

子どもと子どもがつながり合って探求する「学び合う学び」では、日常的に筋書きのないドラマが誕生しています。そのドラマに、子どもの学びのありのままのすがた、「学びの素顔」があらわれます。

本書に収めた五編の物語は、すべて、実際にあった出来事をヒントに、わたし自身の授業者としての体験に基づいて生み出した創作です。

学びの素顔

目次

学びの素顔

●学びの素顔+1

子どもたちがヤダくんになった

1

印刷したばかりのプリントのたばを手に、あずさ先生は、職員室を出ました。

「おはようございます。」

運動場から帰ってきた三年生の男の子が、あずさ先生にあいさつをして追い越していきます。

「おはよう。」

あずさ先生もあいさつを返して、わたしも急がなくちゃ、と足をはやめました。一年二組の次の時間は国語。「きょうはとってもゆかいな詩を読むよ」と子どもたちに話してあるからです。

ゆかいな詩。それは、子どもたちと読む詩をどれにしようかとさがしているときに目にとまったものでした。詩の題名は、「ヤダくん」。

ヤダくん　小野ルミ

ヤダくん　やだやだ　いやだ　やだ
べんきょう　おつかい　はやおきも
やだやだ　やだやだ　まっぴらだ
やだやだ　ヤダくん　あまのじゃく

ヤダくん　やだやだ　いやだ　やだ
あさから　ばんまで　ねごとにも
なんでも　やだやだ　ああいやだ
まいにち　やだやだ　いいどおし

ヤダくん　あるとき　きがついた
やだやだ　やだやだ　いいすぎて
いやだと　いわない　ものがない
さいごの　ひとつを　のこしては

ヤダくん　やだやだ　いやだ　やだ
うでぐみ　あぐらで　だいけっしん
さいごの　いやだを　いってみた
やだやだ　いうのは　もういやだ！

おもしろい！、とあずさ先生は思いました。いつでも、なんでも、「やだやだ」と言ってしまうヤダくんという男の子の顔が見えるようでした。

あずさ先生は、そっと小さな声で読み始めました。

「ヤダくん　やだやだ　いやだ　やだ」

するとだんだん声が大きくなってきました。なんだかあずさ先生がヤダくんになったみたいで、ほんとにいやだと言っている気分になってきたのです。そうだわ。ヤダくんほどじゃないけれど、わたしも「やだやだ」と言って、母を困らせたことがあったっけ。あずさ先生は、子どものころを思い出しました。すると、

「もう、あずさったら。なんでも『いやだ』ばっかり言ってるんだから。」

と、ぷりぷりした母の顔がうかんでくるのでした。あずさ先生は、思わずぷっとふきだしました。そして、あのころはいろいろ母を困らせたなあ、と、なんだかなつかしくなりました。

あずさ先生は、おもしろくなって、何回も声に出して読んでみました。読めば読むほど、子どものころってこうなんだなあなんて、みょうにわかったような気持ちになるのでした。

そのうち、このヤダくんって子が、すごく好きになってきました。なんでもかんでも「やだ

やだ」言うけど、その「やだやだ」に少しも怒れてこないからです。きっとヤダくんって、ひょうきんですなおな子なんだろうと思いました。

あずさ先生は、ひとつだけ不思議に思うことがありました。それは、何回読んでも、最後の一行の「やだやだ　いうのは　もういやだ！」を読むと、そこだけ、思いっきり声を出したくなって、そんなふうに読み終わるとすっきりするんです。わたしもそうだったけど、ヤダくんも「やだやだ　いうのは　もういやだ！」と言いながら「やだやだ」言うのをきっとやめないだろうなと思うのです。またあしたも言ってしまうんだろうなと思うのです。それなのに、この最後の一行を読むと、すっきりするんです。

へんだなとそんなこと思いながら読んでいたのですが、そのうちに、ふとわかってきました。そうか、子どもって、「やだやだ」って言いたいし、だけど、そういうことを言うのは「やめたっ」とも言いたいんだ。「やめたっ」って言えたらどんなにいい気持ちだろうって思っているんだ。だから、それを言うとすっきりするんだ。

こうして、あずさ先生は、この詩が好きになりました。だから、この詩を子どもたちと読むことに決めたのでした。その時間がとうとう来たのです。

＊

あずさ先生は、ろうかを歩きながら、なんだかわくわくしてきました。そして、手にしているプリントにそっと目をやりました。この詩を読んだら、子どもたちどんな顔するかなあ。どんなこと言うかなあ。ヤダくんのこと、どう言うかなあ。そう思うと、ついつい足もはやくなるのでした。

あずさ先生には、ひとりだけ気になる子がいました。あっくんです。あっくんはとてもおとなしい子です。いえ、おとなしいというより、いつも元気がないと言ったほうがよいかもしれません。授業時間はもちろん、遊びのときでも、あっくんの声をあまりきかないのです。いつだったか、いやなことをされていたのに、だまって言われるままにされていて、心配した女の子があずさ先生に知らせに来たことがありました。「ヤダくん」を子どもたちと読もうと決めてから、あずさ先生は思いました。あっくんは、学校でも、家でも、「やだやだ」って言ったことがあるのだろうかと。そう思うと、みんなにはもちろん、あっくんにこそ「ヤダくん」を読ませたい、そう思いました。

2

「みんな、とっても楽しみにしていてくれたんだね。……さあ、どんな詩かな！」

授業が始まりました。あずさ先生は、子どもたちの顔を一人ひとりながめながらゆっくりと語りかけます。さちさんがにこにこしています。よしくんは真剣な顔をしています。まさきくんは、もう待ちきれないとでもいうような顔をしています。よしよし、きのうの予告の効果ばつぐんだわ！　あずさ先生は、心の中でにっこりしました。

「ここにね、その詩を印刷してきたんだけど、これは後でみんなに配って、一人ひとりで読んでもらおうと思うの。でもね、その前にね、……先生が読むのをきいてもらいたいの。いいですか。」

「いいです。」

子どもたちがいっせいに答えます。にっこりほほえんだあずさ先生は、何度も読んですっかり覚えた「ヤダくん」を、一人ひとりの顔を見ながら、ゆっくり語り始めました。

あずさ先生は、きのうの夜考えました。この詩は、「やだやだ　いやだ」と言うことのおもしろさを表した詩です。だとすると、声に出して読まないとこの詩のおもしろさは味わえません。それには、授業でも声に出して読むことです。子どもたちには、何度も何度も読ませよう、そして、その最初は、子どもたちが文字を目で追うよりもわたしの読み声を耳できかせたほうがよいのではないかと思ったのです。

子どもたちは、この詩に出あってどんな顔をするだろうか。どんな反応を示すだろうか。あずさ先生は、どんな授業をするときでも、この出あいの瞬間を大切にしています。子どもたちの学びも探求も、この瞬間から始まるからです。あずさ先生は、そのときの子どもたちの顔を見たいと思いました。だから、プリントを見ないことにしたのです。

語り始めるやいなや、子どもたちの顔がいっせいにゆるみました。にこにこしています。予想どおりです。「やだやだ」と言うヤダくんは、一発で子どもたちの心に飛び込んだようです。そのとき、あずさ先生は見逃しませんでした。あっくんが、みんなといっしょになってにこにこ笑っているのを。

＊

「どうだった？　みんなが思ったこと、ききたいな。」

出あいを大切にしているあずさ先生、いつものきき方です。こう問いかけて、子どもたちが語ってくれること、それはいつも宝物です。子どもたちが感じたこと、それが子どもたち自身の学びのとびらを開くかぎになるからです。あずさ先生には、こういうとき、子どもたちから出てきたことをもとに考えていって、だめだったと思ったことはありません。楽しみにしていたものと出あって子どもたちの心の中にわき起こるもの、それはいつも本物です。あずさ先生は、そう信じています。

「おもしろい！」

何人もの子どもが、口々に言い始めました。

「『やだやだ』ばっかり。」

「『やだやだ』がおもしろい。」

あずさ先生はうれしくなりました。だって、「おもしろい」は、あずさ先生がはじめてこの詩を読んだときの感じ方だったからです。子どもたちはわたしとおんなじように感じたんだわ、そう思うだけで、この詩を選んでよかったと思いました。

子どもたちが「おもしろい」と感じたのは「やだやだ」が何度も何度も繰り返されるところにあるようです。あずさ先生は、子どもたちに耳からきかせてよかったと思いました。耳から入ってくる音のひびきで、「やだやだ」が、文字以上のおもしろさを生み出したのだと思ったからです。

3

「おもしろい」という反応は、その後も続きました。

「かつやくんとおんなじで、『やだやだ』がおもしろい。」

「かつやくんやあいりさんとおんなじ。おもしろくって、笑えてきた。」

こんなことばが何人か続いたときでした。みんなの「おもしろい」をにこにこしてきいていたよしくんの手があがりました。よしくんは、いつも、すぐには話さず、みんなの話をきいてから手をあげる子どもです。そのよしくんの手があがったのです。あずさ先生は、どんなことを言ってくれるかわくわくしながら、「よしくん」と指名しました。

よしくんは、ゆっくり立って、のんびりした調子でこう言いました。

「ヤダくんって、おもしろいな。」

すると、

「うん、ぼくも思った。だって、『いやだ』ばっかりやもん。」

と、よしくんが何か言うといつもよしくんの味方をするかんたくんが、手もあげないでうれしそうに言いました。

そんな二人のことばを、あずさ先生は、ほおっとためいきをつきながらききました。二人が言ったのは、みんなが言っていた「やだやだ」の繰り返しのおもしろさではなく、それを繰り返すヤダくんという子どもがおもしろいということだったからです。あずさ先生は思いました。このことをみんなに考えさせてもいいなと。

でも、子どもたちは、あずさ先生がそれを切り出すよりも前に、すぐに二人の言ったことに反応してきました。

「『いやだ』ばっかりって、じゃあさ、おやつ食べるのも、ゲームするのもいやなんかなあ。」

「なんでもいやなんやから、いやなんかなあ。勉強がいややっていうのはわかるけどなあ。」

これはおもしろいことになった、とあずさ先生は思いました。子どもたちにとっておやつやゲームは「いやだ」どころか大好きなものです。ヤダくんはなんでも「いやだ」という子だとしたら、そのおやつやゲームもいやなのかと考えているからです。ヤダくんは、何でも「いやだ」と言う。その「何でも」というのは何なのか、子どもが好きなものでも「いやだ」と言うのだろうか。そこから入っていくのもおもしろいと思いました。

例にあがっているのは、べんきょう、おつかい、はやおきという、子どもにとってはどちらかと言うとあまり楽しくないことばかりです。それを「いやだ」と言うのは子どもにとっては当たり前のこととも言えます。でも、三連になると、「いやだと　いわない　ものがない」ということになるのです。その飛躍は、「やだやだ　やだやだ　いいすぎて」にあります。なんでもかんでも「いやだいやだ」と言っているうちに、あんまり調子に乗りすぎて、いやだと言わないものがなくなっちゃったということです。お調子者のヤダくん像が、ここから浮かびあがってきます。

そこまで考えて、あずさ先生は、もっと詩をきちんと読めるようにしないといけないと思いました。まだ子どもたちは、あずさ先生が読むのを一度きいただけで、自分から詩にふれていないからです。そこで、このあたりで、詩を印刷したプリントをみんなに配ることにしました。

4

「そうかあ。みんなはヤダくんのこと、おもしろい子だなあ、『やだやだ』ばっかり言ってるからなあと思ったんだね。ほんとだね。……それじゃあ、みんなにこの詩が印刷してあるプリントを配ります。」

あずさ先生は、そう言って、机の上に置いていたプリントを手にしました。そして、きのうから考えていたように授業を進めようとしました。

「このプリントを配ったらね、黒板に『ヤダくん』の詩を書こうと思います。ちょっと時間かかるよね。だから、そのあいだ、書き終わるまで、みんなは、何回も自分で読んでいてくださいね。」

子どもたちが何度も音読して自分で詩を読めるようになる。そして子どもたちの目の前の黒板にもその詩が書かれている。準備万端、さあ、いよいよここから詩の読みを掘り下げるぞ。あずさ先生はそう考えたのです。

ところが、その瞬間でした。

「やだ。」

という声が教室のすみからきこえてきたのです。それは、つぶやきのようであり、それでいてかなりはっきりした声でした。あずさ先生はびっくりして目を丸くしました。明らかに、あずさ先生が黒板に詩を書いているあいだずっと音読していることを拒否する「やだ」だと思ったからです。

ええっ、だれ？

あずさ先生は、「やだ」というつぶやきの出所をさがしました。ひょっとしたらまさきくんかな、それともかんたくんだろうか。そんなことを思って教室のすみに目をこらしました。わかりません。そのうち、声の出所をさがすことなどどうでもよくなりました。

「やだ。」

「やだ。」

と、教室のあちこちから、「やだ」がコーラスのようにきこえ始めたからです。

あずさ先生は、顔が真っ赤になりました。子どもたちがわたしの言うとおりしてくれないなんて、こんなこと初めてでした。

どうしよう。

途方にくれたあずさ先生は、子どもたちの前に立ちつくしました。そんなあずさ先生の目にうつったのは、にこにこしている子どもたちの顔でした。まさきくんも、かんたくんも、かつやくんも、みんなにこにこしているのです。そのみんなの顔を見て、あずさ先生はようやく気がつきました。

子どもたちが言う「やだ」は、何回も音読することがいやだということもあるのだけれど、それよりも、「ヤダくん」という詩に何回も登場する「やだ」をおもしろがって言ってみたということだったのです。だから、子どもたちは、いたずらっぽくにこにこしていたのです。

あずさ先生は、すごーいと思いました。いま耳にしたばかりの「やだ」を、こんなにぴったりした場面で使っちゃうなんて……。子どもたちは、「やだ」と言うヤダくんのことを自分のことのようにわかっている、そう思うと、子どもってすごいと思ったのです。

そうか、みんなは、もうヤダくんになっているんだ。それなら、この詩を読み取らせようなんて考えないで、思いっきりヤダくんにならせてやろう。そうすれば、「やだ」というヤダくんのことも、なんでもいやだと言うようになることも、いろんなことが子どもたちのからだに広がってくるはずだ。あずさ先生はそう思いました。

5

「先生、びっくりしちゃった！　みんな、『ヤダくん』の詩に出てくる『やだ』を、ほんとに使っちゃったんだもん。……よし、先生、黒板に書くのをやめます。それより、『やだ』をこんなにばっちり使っちゃうみんななら、『ヤダくん』の詩に出てくる『やだやだ』をどんなふうに読むのか、ききたくなっちゃった。みんな、ヤダくんになったつもりで、声に出して読んでみて。どんなふうに『やだやだ』言うのか、先生、楽しみです。」

あずさ先生は、ほほえみながら、こう子どもたちに語りかけました。

子どもたちは、あずさ先生から配られたプリントが届くやいなや、もう読み始めました。

「やだ」と言っていたのがうそみたいに。

かんたくんのかんだかい声の「やだ」がきこえます。のぞみちゃんなんか、「まっぴらだ」や「もういやだ」にいやに力がはいっています。いちばん前のいつもおとなしいみなちゃんでさえ、ほんとにいやがっているというふうに「やだ」と読んでいます。そして、「ヤダくんっておもしろい」と言っていたよしくんは、おもしろくてたまらないというふうな顔でいきおいこんで読んでいます。

あずさ先生は、そんな子どもたちをながめながら、子どもってすごいなあとしみじみと思いました。そして、この後は、いま夢中になって読んでいる子どもたちの音読をきこう。そしたら、「やだやだ」と言うヤダくんの世界で教室はいっぱいになる。そうして、さっき出ていたおやつやゲームの疑問をもとに、「いやだといわないものがない」ヤダくんを考えていけたらいいな。そんなことをふんわりと考えました。

教室のなかに子どもたちの「やだやだ」が心地よく響いています。あずさ先生は、その声に耳を傾けながら、子どもとひとつになっていくうれしさってこんなものなんだなと思っていました。

すると、そんなあずさ先生の耳に、「やだやだ　いやだ」と読むあっくんの声がきこえてきたのです。それはまるであずさ先生に語りかけるような声でした。あずさ先生はじっと耳をすませます。みんなの声に溶け合ったあっくんの声がさざなみのように心地よく心に広がります。

あっくん、この後、当てるね。そしたら、いま読んでいるように音読してね。きっと、きっと、みんなびっくりするよ。あずさ先生の目は、そうあっくんにささやきかけます。

あっくんは、それに気がつくでしょうか。そして、みんなの前で読むことができるでしょうか。

（出典・小野ルミ「ヤダくん」『半分かけたお月さま』かど創房、一九七七年）

ちいちゃん、うなずいたらダメ

●学びの素顔＋2

1

「ええっ！」

のんくんの考えをきいた子どもたちが思わずつぶやきました。友だちの考えは、どんなものであってもそれはその子の考えとして受けとめるきき方をしてきた子どもたちにとっても、それはあまりにも意外な考えだったからでしょう。

子どもたちに驚きと戸惑いをもたらしたのんくんの考え、それは、どのようなやり取りの中で出てきた、どのようなものなのでしょうか。

この日、麻里先生が子どもたちと読んでいた物語は、「ちいちゃんのかげおくり」（あまんきみこ）です。ちいちゃん、お兄ちゃん、お母さんと家族みんなでかげおくりをしてからお父さんが戦場に出征していきます。その後、焼夷弾や爆弾を積んだ敵の飛行機が飛んでくるようになり、夏のはじめのある夜、とうとうちいちゃんの住む町が火の海となります。ちいちゃんは、お母さんにお兄ちゃんといっしょに手をつないでもらって逃げますが、お母さんとはぐれてひとりになります。その後の次の文章が、この日の授業の場面でした。


朝になりました。町の様子は、すっかりかわっています。あちこち、けむりがのこっています。どこがうちなのか——。

「ちいちゃんじゃないの。」

という声。ふり向くと、はす向かいのうちのおばさんが立っています。

「お母ちゃんは。お兄ちゃんは。」

と、おばさんがたずねました。ちいちゃんは、なくのをやっとこらえて言いました。

「おうちのとこ。」

「そう、おうちにもどっているのね。おばちゃん、今から帰るところよ。いっしょに行きましょうか。」

おばさんは、ちいちゃんの手をつないでくれました。二人は歩きだしました。

家は、やけ落ちてなくなっていました。

「ここがお兄ちゃんとあたしの部屋。」

ちいちゃんがしゃがんでいると、おばさんがやって来て言いました。

「お母ちゃんたち、ここに帰ってくるの。」

ちいちゃんは、深くうなずきました。

「じゃあ、だいじょうぶね。あのね、おばちゃんは、今から、おばちゃんのお父さんのうちに行くからね。」

ちいちゃんは、また深くうなずきました。


音読が終わり、子どもたちが語り始めます。

「ちいちゃんはお母さんとはぐれて落ち込んでいるから、うなずくだけしかできなかったと思う。」

「ぼくもそう思います。お母さんがいなくなったんだから、落ち込む。」

「ちいちゃんは、お母さんたちが絶対帰ってくると思ったから、落ち込んで悲しいけど、深くうなずいたんだと思う。」

「お母さんが帰ってくるかどうかわからんけど、そうなってほしいから深くうなずいたんだと思います。」

子どもたちが語っているのは、お母さんとはぐれたちいちゃんのつらさであり、にもかかわらず、はす向かいのおばさんに「お母ちゃんたち、ここに帰ってくるの」と尋ねられてうなずいたちいちゃんの心持ちでした。この場面が、空襲の混乱の中でたったひとりになったちいちゃんの、母や兄との再会を信じ防空壕で眠ることになる経緯が描かれていることを考えると、この子どもたちの出方は好ましいと麻里先生には思われました。

この出方をもとに、ちいちゃんがどんなにかお母さんやお兄ちゃんとあいたいと思っているか、そのちいちゃんの思いをとらえることができる、麻里先生はそう思って、このまま子どもたちの考えをきき続けることにしました。

そのときです、のんくんの手があがったのは。

「のりゆきさん。」

麻里先生に名前を呼ばれて立ち上がったのんくんは、勢い込んで次のように話したのです。

「おばさんに『お母ちゃんたち、ここに帰ってくるの』ときかれてちいちゃんはうなずいたから、……ちいちゃんは、ダメだと思う。」

ちいちゃんはダメ……。ええっ、それ、どういうこと？

声にこそ出さなかったけれど、麻里先生はびっくりしました。これまで子どもたちとたくさんの物語を読んできたけれど、主人公の行為を否定してしまうなんて、そんなこと、初めてのことだったからです。子どもたちもどういうことだろうという表情をしています。

お母さんとはぐれたちいちゃんはどんなにかつらかっただろう、そんなちいちゃんのことを思えば、ダメなんていうことばは出てこないはずです。ましてや、そのちいちゃんが母や兄との再会を信じておばさんの問いかけに懸命にうなずいたのです。だから、お母さんとお兄ちゃんが帰ってくるという確証があるかどうかということよりも、ここはちいちゃんの思いを汲み取らなければなりません。そう考えたら、ちいちゃんをダメなんて言うことばはどうしても浮かんできません。麻里先生にも子どもたちにも、こののんくんの考えは受け入れ難いものでした。

だからといって、のんくんの考えは間違っているとあからさまに言うわけにはいかないということは、これまでの授業の経験で子どもたちにはわかっていました。どんな考えでも、その子がまじめに考えたことは、その子の考えとして受けとめてこそ、みんなの考えをつき合わせつなぎ合わせて学び合えるということを麻里先生から教えられていたからです。

でも、子どもたちには、ちいちゃんがダメなんていうことを認めてしまうことはできませんでした。ですから、この後、そうではないということをなんとかのんくんにわかってもらおうと、入れ替わり立ち代りして語り始めたのです。

2

「ちいちゃんは、そのときは帰ってくると思っていたんだから……。」

「お話では本当は帰ってこなかったけれど、ちいちゃんは、帰ってくると思っていたから、ダメということはないと思うんだけど。」

「ちいちゃんは、信じとったんだと思う。」

「自分では本当はどうかわからないんだと思うけど、帰って来てほしいからうなずいたんだと思う。だから、ちいちゃんがうなずいたのは仕方がないんじゃないかなあ。」

「それなら、うなずくだけじゃなくて、そう言ったらいいのに、どうしてうなずくだけだったのかなあ。」

「ほんとに悲しいときはしゃべることができないから……。」

「あのね、帰ってきてほしいけど、帰ってくるという証拠はないから、深くうなずくだけでしゃべることができなかったんじゃないかなあ。」

「ちいちゃんはまだ小さい子だから、帰ってくると思っていたんだと思う。」

「そう、ちいちゃんはまだ小さいからね。」

「だから、おうちのとこにいたら、帰ってきてくれると信じてたんや。」

「だから、うなずいたんや。」


子どもたちの言っていることは、すべてそのとおりです。次々とつなげながら考えを確かにしていく子どもたちの様子を見ながら、麻里先生は、のんくんの発言には驚いたけれど、それがあったからこんなにも子どもたちの学びが深まったのだとうれしく思いました。

子どもたちの考えはほぼ固まってきている、麻里先生はそう思いました。それで、ここまでのみんなの考えをきいたのんくんはどう思うようになったのか、この辺りできいてみようと思いました。

「のりゆきさん、どうかなあ、みんなの考えきいて。今、どう思っとる？」

尋ねられたのんくんは、一瞬戸惑った表情をしました。何かを話そうとしているようですが、ことばが出てこないという感じです。

「ぼく、ようわからへん。」

少しの間があって、ようやくのんくんが言ったのは、この一言でした。

このんくんのことばに、またまた麻里先生は驚きました。あれだけみんなの考えをきいたのに、のんくんは何がどうわからないと言うのだろう。それこそ、麻里先生にはのんくんの心のうちが「わからない」のでした。

ただ、一つだけはっきりしていると思ったことがありました。それは、今度は「ちいちゃんはダメ」とは言わなかったということです。ということは、他の子どもたちが言ったことを受け入れていないわけではないということになると思いました。たぶん、のんくんは、「みんなの言うことはわかる。でも……」と考えていたのでしょう。それは、のんくんの感じていることが、みんなの考えと方向が異なっているということを表していると思いました。けれども、のんくん自身もそれをはっきりと説明できないのでしょう。だから、のんくんも困ってしまって、「わからへん」ということになったのでしょう。

麻里先生は、そう思いました。だとすると、みんなとは異なるのんくんの方向とはどういうものなのでしょうか。麻里先生にはそれがまったくわかりませんでした。仕方がありません。のんくん自身が「わからへん」と言ったのを潮時に、授業を別の話題に切り替えていくことにしました。

3

授業時間も残り一〇分ほどになったころでした。いつもじっくり考えるみのりさんが、思い出したようにこんなことを言い出したのです。

「おばさんがちいちゃんに『お母ちゃんたち、ここに帰ってくるの』と言ったでしょ。その

『ここ』というのは、ちいちゃんの家の焼け跡のことでしょ。ちいちゃんはさ、どうしてここが自分の家ってわかったのかなあ。『ここがお兄ちゃんとあたしの部屋』とも言っているし、どうしてわかったのかなあ。」

みのりさんが言い出したことは、ひとりになってもお母さんやお兄ちゃんの帰りを信じているちいちゃんのことを読もうとしている学級全体の読みの進み方からすると後戻りするようなことです。けれども、きっとみのりさんは、さっきからずっと気になっていたのでしょう。

おばさんの問いかけに「深くうなずいた」ちいちゃん。それは、お母さんとお兄ちゃんに「ここ」に帰ってきてほしいという強い願いがこめられたうなずきです。その「ここ」とは焼け落ちた家の跡なのですが、ちいちゃんが帰ってきてほしいと思う「ここ」がもしちいちゃんの家のところではなかったら……。みのりさんの心の中にふとそんな心配が生まれたのかもしれません。だから、どうして「ここ」が家だとわかったのかと尋ねたくなったのです。

子どもたちは、焼け跡にちいちゃんの使っていた物の焼け残りがあったのだとか、ちいちゃんの家だとわかる何かを見つけたのだとか、みのりさんの疑問にこたえました。もちろん文章には書いてないことですから、本当はどうなのかはわかりません。けれども、子どもたちの言っていることは当たるとも遠からず、大体そういうことなのでしょう。そう麻里先生が考えたときでした。再びのんくんの手があがったのです。

「のりゆきさん。」

のんくんの名前を呼びながら、麻里先生は、今度こそのんくんの言いたいことをキャッチしなければと、じっと耳をすませました。

立ち上がったのんくんは、またまた意外なことを言い出したのです。

「ちいちゃんの家には、はす向かいのおばさんが連れてきてくれたんでしょ。『おばさんは、ちいちゃんの手をつないでくれました』と書いてあるから。」

「うん。」

子どもたちがうなずきます。

「ぼくは、それ（どうして家がわかったのか）よりも、『ちいちゃんじゃないの』とはす向かいのおばさんに呼んでもらったけど、こんなときにちいちゃんがおばさんに出あえたのが奇跡だと思います。」
「うん。ぼくも、ちいちゃんは、おばさんにあえてよかったと思う。」
「でもさあ、（おばさんにあったのは）たまたまだったんとちがう？」

どうものんくんの考えは、他の子どもたちと波長が合いにくいようです。子どもたちは受け取ろうという意向は示してはいるのですが、のんくんの考えに乗っていけないのです。だから、「おばさんにあえてよかった」と同調するのが精一杯で、まさるくんなんかは、「たまたまだった」とさらっと言ってしまったほどです。

けれども、麻里先生はちがいました。のんくんのこの二度目の発言をきいて、はっと気がついたのです。さっきの「ちいちゃんはダメ」の謎が解けたのです。

のんくんが、ちいちゃんの何がダメだと言ったかというと、それは、おばさんの問いかけに「深くうなずいた」ことです。そのうなずきは、「お母さんとお兄ちゃんはここに帰ってくる」という返事になったわけで、それにはちいちゃんの強い期待感というか願いがこもっているのですが、もう一つこのうなずきには意味があったのです。それは、おばさんについて行く、つまりおばさんに助けてもらうのをあきらめることになるという意味です。

ちいちゃんは、この後ひとりになり、最後には「小さな女の子の命が、空に消えました」という結末になっていきます。のんくんは、ちいちゃんが亡くなったことに心を痛めていたのです。ですから、奇跡のようにして出あったおばさんにここでついていったら、死ななくてよかったのではないかと考えたのです。だから、「深くうなずく」なんてことしなければよかったと思ってしまったのです。それが「ちいちゃんはダメ」という真意だったのではないでしょうか。

麻里先生は、そう気がついて、心が熱くなりました。そこまでちいちゃんのことで心を痛めるのんくんの気持ちがいとおしいと思いました。

けれども、クラスの他の子どもたちはそのことに気がついていません。

麻里先生は、続けて何かを言いたそうにしている何人かの子どもを制して、次のように語りかけました。

「あのね、みんなに、先生、お願いがあるの。きょうの国語の時間もあと少しになったでしょ。その時間を使って、みんなに考えてほしいことがあるんです。この時間のはじめのほうで、のりゆきさんが言っていた『ちいちゃんはダメ』ということなんです。さっきは、先生にもよくわからなくて、そのままにしてしまったんだけど、あの後、ずっと考えていたの。そしたら、今、のりゆきさんが、ちいちゃんがはす向かいのおばさんに出あったのは『奇跡』だと言いましたね。『奇跡』というのは、ちいちゃんにとってとってもいいことが起きたということですね。おばさんに出あえたのは『奇跡』と言っていいほどのいいこと。それなのに、のりゆきさんは、『ちいちゃんはダメ』と言っていたんです。いったい『奇跡』のようなおばさんとの出あいをしたちいちゃんは、あのときどうしたらダメじゃなかったとのりゆきさんは思ったのでしょう。そののりゆきさんの気持ちをみんなで考えて、今日の国語の勉強を終わりにしましょう。……まず、この場面を音読してもらいましょう。……みどりさん、読んでくれる。」

指名を受けて、みどりさんがこの日の場面を音読しました。ゆっくりとした読み声が教室に響きます。子どもたちは、その声に耳をすませています。ちいちゃんとはす向かいのおばさんとのかかわりを考えているのでしょう。

「お母ちゃんたち、ここに帰ってくるの。」
みどりさんが読むおばさんの声に、ちいちゃんに語りかけるやさしさが感じられます。そして、それに続いて
「ちいちゃんは、深くうなずきました。」
と読んだときでした。るいくんが「そうかっ」とつぶやいたのです。みすずさんも何かに気がついたようです。

＊

みどりさんの音読が終わるやいなや、麻里先生は、るいくんに尋ねました。

「るいさん。何か気がついたの？」

「うん。のんくんの考えてたこと、わかった。のんくんの考えはさ、お母さんたちはここに帰ってくると信じてたと思うけど、それはわからんことやったと思うから、もし、ここでおばさんについていってたら、死なないですんだと思ったということじゃないかなあ。」

そのるいくんのことばをきいて、みすずさんがそうっと手をあげました。そして、気持ちをこめてこう言ったのです。

「わたしね、ちいちゃんはまだ小さいから、ここにいたらお母さんにあえると思ってしまったと思うの。それは仕方のないことやけど、でも、ちいちゃんは最後に死んじゃったでしょ。そやで、もしもこのとき、おばさんに助けてもらってたら、死なないですんだかもしれやんと思うの。のんくんは、ちいちゃんは小さいから仕方がないんだけど、なんで助けてもらわなかったんやと言いたかったんやと思うの。だって、ちいちゃんに死んでほしくないもの。……わたし、のんくんの『ちいちゃんがダメ』という考えの意味がわかって、のんくんって、ほんとにやさしいと思った！」

教室の中に、みすずさんのやわらかな声が響きます。そんなみすずさんの声にみんなはしんと耳をすませています。

——ちいちゃんに死んでほしくない。

それは、教室じゅうのみんなの思いだったのでしょう。子どもたちの表情には、そうか、ちいちゃんに死んでほしくないからのんくんは「ちいちゃんはダメ」と言ったんだ。のんくん、わたしたちもその気持ちおんなじだよ、というような思いが表れているように麻里先生には思えました。

のんくんに目をやると、おだやかな顔でそんなみんなをながめています。それは、自分の気持ちがみんなに受けとめられてほっとしているようにも、改めて「ちいちゃんに死んでほしくない」という思いをかみ締めているようにも見えました。

のんくんを中心に、三年一組の子どもたちが温かくやわらかな日差しに包まれています。麻里先生は、このときほど子どもたちがまぶしく思えたことはありませんでした。

（出典・あまんきみこ「ちいちゃんのかげおくり」「国語」三下、光村図書）

けんたと元気もりもり先生

●学びの素顔＋3

1

「けんたが、けんたが、また暴れとるぞ！」

「だれか、先生、呼びに行け！」


その声にはじかれたように、教室を飛び出していく子がいます。何人もの顔が教室の窓からこっちを見ています。ひそひそと何か話しているようです。たくさんの目と声を感じながら、けんたは、床の上に倒れている正と明をにらみつけました。

「呼びたかったら呼びに行け！　おれが悪いんと違う。悪いのは正たちや。」

そうつぶやきながら。

＊

きのうの学校からの帰り道のことでした。

けんたは、いつもの道をのろのろと歩いていました。雨上がりの道を帰っていくのは、けんたと、ずっと前を歩く低学年らしい二人連れの女の子だけでした。

けんたは、石ころをポンとけりました。石ころはだれもいない道をころころ転がってみぞに落ちました。

「ふうっ。」

ためいきをついて、もう一つけります。けんたにけられた石ころはまたころころ転がって、今度は草むらに消えました。

けんたの帰り道はこのごろいつもこんな調子なのです。

＊

山本さんところの角を曲がると、けんたはかけ出しました。一〇メートルも走ったでしょうか。いけがきのある家の前で立ちどまりました。

「チビ！　チビ！」

いけがきのすき間から中をのぞきながら、けんたは呼びかけます。すると、犬小屋の中から、ちぎれんばかりにしっぽをふった子犬がとび出してきました。けんたは、いけがき越しに手を伸ばしチビの頭をなでました。チビは、その手をぺろぺろなめます。

「こらっ、そんなになめるなよ。後からクッキー持ってきてやるからな。」

そう言いながら、けんたは、さらにいけがきの中に頭をつっこみます。すると、チビはけんたの顔もぺろぺろなめまわしました。

「ファッハッハ。やめろよ。こらっ、チビ、やめろよ。」

*

チビと別れて、けんたはまた歩き出しました。

ふと前を見ると、同じクラスの正と明が連れ立って歩いています。

「あいつらや！　ちょっとおどかしてやろ。」

そうつぶやいたけんたは、うきうきした気分で、そうっと二人に近づいていきました。二人は、けんたには気がつかず楽しそうにしゃべっています。すぐ後ろまで近づいて、「わっ！」と声をかけようと両手を広げたけんたの耳に飛び込んできたのは……。

「四時に、公園で待っとって。」

「うん、ええよ。そやけど、どこへ買いに行くの。」

「遠足のお菓子やから、川口屋がええんとちゃう。」

「それでもええけど、スーパー富士もええよ。」

けんたの顔はみるみる真っ赤になりました。カーッと頭に血が上り、二人の背後から大声を上げました。

「お前ら、また、うそついたな！」

驚いて後ろを振り向いた二人にけんたはなぐりかかります。

「けんたや、にげろ。」

二人はかけ出します。けんたは追いかけます。けれども、みるみる二人のすがたは小さくなっていきました。太ったけんたの足では、二人に追いつくはずがなかったのです。

「ちぇっ。」

追うのをあきらめたけんたは、また石ころをけりました。

「ちくしょう。あいつら。」

＊

けんたの学校では、その翌々日が遠足だったのです。それで、けんたは、昼休みに、

「きょう、おかし、いっしょに買いに行こ。」

と、家が近くの正たちをさそったのです。ところが、正たちは、

「今日は買いに行かへんもん。なあ、あきちゃん。」

「うん。行かへん。遠足はあさってやもん。まだええやん。」

と言ったのです。それなのに……。

こんなことは、この日だけのことではありませんでした。一週間前の魚つりのときもそうでした。その前の野球のときもそうでした。けんたにないしょで行ってしまったのです。

「見てろ。あした、学校でぶんなぐってやる！」

こうして起こしたのが、教室の前での出来事だったのです。

＊

「けんた！　どうしてこんな暴力ふるうんや。正くん、血出しとるし、あきちゃんも、あんなに泣いとるやんか。」

頭の上で先生の大きな声がしています。けんたは、くちびるをかみしめて下を向いています。

「けんたの悪いところは、すぐ手を出すとこや。なんで（どうして）なぐったんや。」

けんたは、だまって下を向いているだけです。はらが立って、はらが立って、むしゃくしゃしていたからです。だって、けんかを止めに来た先生が、

「けんたがなぐってきたとき、ふたりはやり返さなかったんやな。えらいぞ。」

と正と明をほめたからです。

そんなん不公平や。いつでもおれは悪者や。今までずうっとそうやった。それに、正や明は「くん」「ちゃん」づけで、なんでおれだけよびすてなんや。先生なんか、ぜったい口きいたるもんか。

こうして、けんたは、どんなに先生が話しかけても、とうとう口をきくことはありませんでした。

2

けんたの学級の先生の名前は森守男。それで、子どもたちに「元気もりもり先生」と言われています。でも、森先生はその言い方がきらいではありません。子どもたちの前ではいつも元気もりもりでいたいと思うからです。だから、その名前は自分にぴったりだと思いました。

子どもたちは、元気もりもりの森先生にすぐに親しみを感じたようです。休み時間の先生の周りは、いつも子どもたちでいっぱいでした。でも、けんただけは……。このクラスが始まって一か月になろうというのに、けんたと話すことができないのです。何度か話しかけたのです。けれども、いつも「ああ」とか「別に」とか片言で返事をするだけなのです。

＊

けんたのことは、このクラス、つまり四年三組が始まる前から知っていました。低学年のときからけんかをして相手にけがをさせたことが一度や二度ではなく、その度に「すぐ暴力をふるう子ども」として職員室で話題になっていたからです。そのけんたのいるクラスの担任になったのですから、早く打ち解けて話せるようにしたいと思っていました。話ができたら暴力を引き起こすわけもわかるのではないかと思ったからです。それなのに、生返事ばかり。

でも、森先生は、いつもけんたのことを気にしていました。どれだけたくさんの子どもに囲まれていても、けんたはどこにいるのだろうと探していました。そして、教室のすみや、ろうかの向こうからそれとなくこちらをうかがっているけんたに気づくと、なんだか心がちくりと痛むのでした。

でも、そんな日が何日も続くうちに、このクラスの担任になった自分のことをけっこう気にしているのではないかと思うようになりました。そして、もしその想像が当たっていたら、けんたと話せる日はそう遠くないそのうちにきっとやってきて、それは、決して歓迎すべきことではないけれど、けんたが何かを起こすときなのではないかと漠然と思ったのでした。

＊

「先生、大変。けんたが、けんたが、暴れとる！」

職員室にかけこんで来た子どもの声をきいて、森先生は、「来た！」と直感しました。

「よし！」

職員室から飛び出します。階段をかけ上がり教室の前まで走ります。すると、子どもたちの顔ですずなりになった窓を背に、倒れこんだ正と明の前で仁王立ちになったけんたがいました。なみだぐんだ正の額に血がにじんでいます。明はしゃくりあげるように泣いています。

「なんということを！」

けんたの暴力を目の当たりにして、けんたとのかかわりをつくるというさっきまでの思いを忘れたかのように、森先生の胸に怒りの感情がむらむらっとわき起こりました。はげしくけんたと二人の間に割って入り、けんたに向かってその感情を投げつけました。

「けんた！　どうしてこんな暴力ふるうんや。正くん、血出しとるし、あきちゃんも、あんなに泣いとるやんか。」

けんたの顔がひきつるようにゆがみました。そしてこぶしを握りしめて、下を向きました。その瞬間、しまった！という思いが走りました。こんなふうに威圧したら、この子はますますかたくなになる。

まずはけがの治療が先です。森先生は、正と明を抱え起こしました。

「血が出とるから痛いやろ。保健室の先生に診てもらわなあかん。そやけど、なんでけんかになったんや。……うん、わからん？　何にもせえへんのにけんたがなぐりかかってきたってか。……それで、二人はなぐられただけで、やり返さなかったのか。そうかあ。」

そこへさわぎをきいて二組の先生がかけつけました。けんたと話をしたかった森先生は、その先生に二人を保健室に連れていってもらうように頼みました。そして、改めてけんたに向き直って、今度はさとすように話しかけたのです。

「けんたの悪いところは、すぐ手を出すとこや。そやけど、けんたがなぐりたくなるのは、なんかわけがあるんやろ。なんで（どうして）なぐったんか、そのわけ、先生に教えてくれへんか。」

答えはありません。けんたはじっと下を向いたままです。ひきつった表情もそのままです。森先生は、なんとかけんたの気持ちをほぐそうと、ことばを重ねます。

「正くんたちは、何もしないのにけんたがなぐりかかってきたって言っとるけど、先生は、なんにもわけがないのになぐったりせえへんと思うんや。そのけんたのわけをききたいんや。」

「けんたのわけをきいて、正くんたちと仲直りできるようにするから……なぁ、けんた、言うてみ。」

どのくらいけんたに話しかけたでしょうか。それはかなりの時間だったような気がします。でも、その間、とうとうけんたが口を開くことはありませんでした。けんたは自分のことを完全に拒絶している、森先生にはそう思われました。このクラスを受け持つまでけんたのことをいろいろ耳にして、自分ならちゃんと話せるようにできると高をくっていた安易さが、あっけなく打ち砕かれたように思いました。

こうして、この日の森先生は、元気もりもりどころかかなり落ち込む結果になってしまったのでした。

3

「こんな詩があるんだけど、みんなはどんなことを感じるかなあ。」

遠足が終わって何日かしたある日の国語の時間のことでした。森先生が黒板にこんな詩を書いたのです。

雲

山村　暮鳥

おうい雲よ
ゆうゆうと
馬鹿にのんきそうじゃないか

どこまでゆくんだ
ずっと磐城平《いわきだいら》の方までゆくんか

けんたは国語がきらいですから、詩なんか興味はありません。これまでも、みんなで音読するときがあると、声を出しているふりをするだけでした。この日も、やはり最初は音読です。けんたは、適当に口を動かして、机の上にある鉛筆と消しゴムをいじっていました。

やがて、詩を読んで思ったことを出し合うことになりました。

しらけているけんたを尻目に、みんなは次々と話していきます。

「この雲は、綿雲みたいなきれいな雲だと思います。」

「わたしも同じで、白くてふわふわした雲だと思います。」

「なんだか、大きな雲が一つだけぽっかり浮いているような気がする。」

「その雲、動いていると思う。」

「そう、『ゆうゆうと』だから、ゆっくり動いている。」


けんたは、こんなみんなの言葉を、他人事みたいにきき流していました。心の中で「白い雲がなんやねん。こんな詩、ちっとも（少しも）おもしろないわ。」と、つぶやきながら。

＊

「『おうい』と雲を呼んでいるでしょ。だから、作者はね、雲を友だちみたいに思ったのかなあ。」

ぼんやりとみんなの言うことをきいていたので、それはだれが言ったことばなのかわかりませんでした。けれど、一人しらけていたけんたの心が、そのことばにぴくっと反応しました。

「雲が、雲が、友だちかあ！」

思わずけんたはつぶやきました。そして、先生が印刷して配ってくれた「雲」の詩に目を落としました。心の中で「おうい雲よ」と読んでみました。すると、「おうい」と呼ぶ作者の声がきこえてくるような気持ちになりました。

「雲が友だちとはよい考えだなあ。……それじゃ、そんな雲に、作者はどんな気持ちで呼びかけているのかなあ。」

先生の質問が出て、またみんながその質問に答え始めました。

「作者はね、丘の上にでも遊びに来てね、空を見たら雲が浮かんでて、楽しくなって、つい友だちみたいに呼びかけたんだと思います。」

「ぼくはね、雲が磐城平のほうへ動いていくから、いいなあと思って、ぼくも連れてってくれえって、ピクニックに行くみたいに呼びかけていると思う。」
「わたしは、雲がきれいで、ゆうゆうと動いているので、いいなあと思って、思いっきり大きな声で、楽しそうに雲を呼んだんだと思います。」

*

ちがう。みんなの言うてることちがう。さっきから、けんたはもういらいらしていました。みんなは「楽しい、楽しい」と言うけど、ちっとも楽しいことなんかあらへん。この人は、雲しか友だちあらへんのやぞ。そんなんで、楽しいことなんかあるもんか。けんたはそう思っていたのです。

みんなのことばをきくうち、けんたは、とうとうたまらなくなってつい声に出して言ってしまいました。

「さびしいんや。」

それは、みんなにきこえるかきこえないか、それくらいの小さな声でした。けれども、先生にはきこえたようです。これまで、話す一人ひとりの顔を見ていた先生の目がさっとけんたの方に向けられました。

「ええっ、けんた、何て言うた？　もう一度言うて！」

そう言われたけんたは、しかたなく立ち上がってこう言いました。

「雲がさあ、友だちなんてヘンやんか。そやから、さびしいんや。」

なごやかだった教室がいっぺんに静まり返ったような気がしました。けんたは、いすにすわると、周りのみんなを見回しました。自分の言ったことに同調する子がいる様子はまったくありません。かと言って、その考えに反対する様子もありません。さっきまで次々とあがっていたみんなの手は、ここで完全に止まってしまったようです。先生は腕を組んで、困ったという顔をしています。

口を閉ざしてしまったみんなの様子を見ているうちに、けんたはまたむしゃくしゃしてきました。

ええよ。だれもわかってくれんでもええよ。どうせおれは変わり者なんやで。

けんたは、つり上がった目を窓のほうに向けて、もう知らん顔をすることにしました。

＊

「おい、チビ。お前、どう思う?」

いつもの帰り道で、けんたはチビに話しかけています。

「おれには、チビしか友だちおらへん。そやから、毎日チビに会いに来るんや。『雲』の詩を書いた山村さんという人も、人間の友だちがおったら、雲なんか呼ぶもんか。山村さんは絶対にさびしいんや。さびしいから、雲を友だちみたいに呼んだんや。……どうや、チビ、おれの考え、合《お》うとるやろ。」

そのとき、チビがいきおいよくしっぽを振ってけんたに飛びついてきました。けんたは、そんなチビがかわいくてかわいくて、チビの顔に自分の顔をすりつけました。

「やっぱり、そうやな。やっぱり、そうやな。」

けんたは、何度も何度もそう言って、チビにほおすりするのでした。

止まれ

4

けんたが国語の時間に自分の考えを言うなんて初めてのことでした。いや、正や明とのトラブル以降、まったくけんたとのコミュニケーションがとれなくなっていましたから、それはおどろくような出来事でした。それだけに、森先生には悔やまれて仕方がありませんでした。

どうして、あのとき、けんたの言ったことをうまく受けてやれなかったのだろう。

けんたのことばに対して何もできず、立ち往生してしまったあのときの自分が情けなくて悔しい、それは、自分の教師としての力のなさと、けんたという子どもに対する無理解を示しているように思えて、森先生は、元気もりもりどころか、すっかり元気をなくしてしまいました。

けんたは、教師になって五年目の森先生にとってこれまででいちばん難しい子どもでした。

母親と二人暮らしという家庭状況がけんたの心の荒《すさ》みに影響しているのではという先輩教師のアドバイスにしたがって、二度ほどけんたの家を訪ね母親と話しました。けれども、けんたをかわいがり懸命に働いている母親に大きな問題があるとは思えませんでした。

こうして一か月半が過ぎました。自分に対して心を開こうとしないけんたのことはまるでわからないまま。

森先生は、考えました、どこかに、けんたを理解する糸口があるはずだと。手がかりは、正と明に暴力をふるったあの日の出来事と「雲」の授業の一言だけ。

じっと思いをめぐらしていた森先生は、ぽつりとつぶやきました。

「けんたはどうして『さみしい』と感じたのだろう。」

これだと思いました。だれ一人考えつかなかった「さみしい」という感じ方にけんたを知る手がかりがある、そう思ったのです。何度も何度も詩を読んでみました。あのときのけんたの顔も思い浮かべてみました。

でも、考えれば考えるほど、この詩から「さみしい」という感覚が浮かんでこないのです。頭に浮かぶのは青空に浮かぶ純白の雲だし、「ゆうゆうと」と表現されている雲の動きはユーモラスにさえ感じられるし、ましてやその雲に「おうい」と呼びかける作者の声は楽しげ以外なにものにも感じられないのです。

＊

こうして森先生は、暗い気分でその日の夜を過ごすことになりました。

森先生にはけんたについてもう一つ気になっていることがありました。それは、けんたが他の子どもとの関係において完全に孤立しているということでした。というより、他の子どもは、けんたのことを恐れているのです。だから、当たらずさわらず、とにかくかかわらないようにしているといったほうがよいでしょう。それが、あの出来事以来、より顕著になったように感じられます。

子どもと子どものかかわりを大切にする森先生としては、自分がけんたのことを心配する以上に、子どもたちがなんとかしなければと思ってくれるとよいと思うのですが、すぐに手を出し事件を起こしてきたこれまでのことを考えると、それを要求することは酷なことのように思われました。だから、けんたのことは、自分の胸の中だけで考えることにしてしまっていたのです。むしろそのように考えることがけんたとの関係を空回りさせていることにも気づかないで。

*

翌日も、森先生はもんもんとした一日を過ごしました。けんたは相変わらずでした。特段荒れることもなく、事件は何も起こしませんでしたが、だれともしゃべらずぽつんとすわっていました。彼の付近だけ北風が吹いている、そんな感じさえしました。もう八方ふさがりでした。

放課後、森先生は、子どもたちから提出された「あのねノート」を読んでいました。「あのねノート」とは、子どもたちが思い思いに書いてくる日記のような先生への手紙のようなものです。

森先生は、いつものように一人ひとりのノートを読みながら返事を書いていきました。何冊目だったでしょうか。さやかのノートを開いた先生の心がどきんとしました。ひきつけられるように読み始めました。すると、みるみるうちに目頭が潤み始めたのです。

きょう、国語の時間に「雲」というしでべんきょうしました。

わたしは、みんなの言うことをききながら、おじいちゃんのことを思い出しました。

わたしのおじいちゃんは、七十六さいです。とってもやさしくてわたしの大すきなおじいちゃんです。

おじいちゃんは、大工さんです。「あそこの家はわしがたてた家や」とか、よくじまんします。

でも、びょうきになりました。いまでは、高いところにのぼって家をたてるしごとはできません。だから、ときどき、

「もういっぺん、しごとしたいなあ。そしたら、わかながけっこんしたら、家をたててやれるのになあ。」

と言います。わかなはわたしのおねえちゃんで、来年けっこんするんです。

「雲」のしでべんきょうしていたとき、けんたくんが、「この人はさびしい」と言いました。けんたくんの言うことをきいて、おじいちゃんのことを思い出しました。

わたしは、「雲」のしを書いた人は、よっぽどいわきだいらに行きたかったんだなあと思いました。でも、行くことができないんだと思います。おじいちゃんといっしょだと思いました。


最初に読んだときは頭が真っ白になりました。自分の詩の読み方とのあまりものちがいに心がふるえました。おじいちゃんとつなげて味わったさやかに感動しました。そしてその反面、自分が情けなくて情けなくて、いちばんこの詩がわかっていなかったのは、教師である自分

だったのだとしみじみ思いました。

さやかのノートを何度読んだことでしょうか。そのうちに、けんたの言う「さみしい」という感じ方がすうっと自分の中に入ってきたように思いました。磐城平に行きたくても行けない「さみしさ」と、雲を友だちのように呼ぶ作者の「さみしさ」が一つになってきました。

そのとき、森先生は気づいたのです。さみしかったのは、けんた自身ではないかと。

こんなこと、どうして気づかなかったのだろう。

けんたは、確か「雲が友だちってヘンやんか」と言っていた、それは友だちと言えば人間同士であるはずだということの裏返しです。その友だちがいないけんた。森先生は胸がきゅっと締めつけられるような気持ちになりました。

おじいちゃんが大好きなさやかは家族に包まれておだやかに過ごしているのでしょう。でも、けんたは……。懸命に働く母親との暮らしは、ときには十分に甘えられない空虚さをもたらしているのかもしれません。人はみなだれかとのつながりを求めています。けんたに必要な人、それは、母親はもちろんですが、けんたと接しているクラスの子どもたちや担任である自分もそうなのです。その自分や友だちである子どもたちがけんたの「さみしさ」を受けとめることができていなかったのです。どうしてこんな大事なことに早く気づかなかったのだろう。森先生は自らの鈍感さを恥ずかしく思いました。

それにしても、このことに気づかせてくれたのが、さやかという控えめでおとなしい子どもだということに深い意味があるように思われました。あまり自己主張をしないさやかだからこそ、表面的なことにとらわれないできちんとけんたの言った「さみしさ」を受けとめられたのだと思ったのです。そして、こういうさやかのような子どもの存在が、けんたの心を解きほぐすきっかけになるかもしれない、そう思いました。それは、森先生にとって、暗闇に差し込む一筋の光のようなものでした。森先生は、このとき、さやかに救われたと思いました。

よし、明日、さやかとさやかのおじいさんの了解を得て、さやかのノートを子どもたちに読みきかせよう。そして、「さみしい」というけんたの思いの意味を子どもたちに考えてもらおう。もちろん、この詩を「さみしい」と読まなければいけないのではない。そうではなく、どんな考えであっても大切に受けとめ、それぞれの考えで読んでみることの大切さに気づかせるのだ。そうすれば、この作者を「さみしい」と感じたことを通して、けんたのこともこれまでとはちがった目で見つめられるのではないだろうか。そのうえで、担任である自分が、さやかの文章から何を学んだのか、それを包み隠さず話そう。そう決めると、森先生の心の中に、いつもの元気もりもりが戻ってきたようでした。

5

「けんちゃん、チビのことやけどさあ。」

昇降口でくつばこにくつを入れているけんたに、正が話しかけました。「雲」の授業から一か月がたったある日のことです。

「ぼくも、クッキー持ってってもええかなあ。」

「ええけど……チビはさあ、おれんとこの犬じゃないからさあ。見つかったらしかられるかもなあ。」

「うん。わかっとる。あきちゃんと三人でさ、こっそりやろ。あっ、あきちゃんや。」

「おはよう。」

そう言いながら走ってきた明を正は昇降口のすみっこにひっぱっていきました。そして、ひそひそ声で何かを話しました。すると、明は、いつもののんびりした口調でこう言いました。

「あそこの家のおじいさん、ぼく、知ってるよ。」

「えっ！」

それをきいたけんたは、目を丸くしました。

「知ってるの？」

「うん、知ってる。だってさ、いつだったか、子ども会のときにさ、けん玉教えてくれたおじいさんだもん。」

けんたの目がかがやきました。けん玉を教えてくれるおじいさんかあ。そしたら、おれたちがクッキーをチビにやるのを許してくれるかもしれん。

正も同じことを考えたようです。

「けんちゃん、すごいぞ。あそこのおじいさん、ぼくらがチビと遊ぶの、許してくれるかもしれんぞ。さんぽに連れていくのも、できるかもしれん。」

「うん。」

けんたは、そう言っただけでいつものポーカーフェイスをよそおいました。けれども、みるみる顔がゆるんでくるのがわかりました。けんたの心の中で、チビが「わん」とほえました。

*

その日、けんたは、ごきげんでした。休み時間には、正たちとサッカーもしました。先生にも「おはよう」を言いました。

そうそう、先生と言えば、「雲」のべんきょうの後で、さやかという子の「あのねノート」をみんなの前で読んだのにはびっくりしました。クラスの子が、あんなことを書いてくれたなんてホントかなと思いました。それに、さやかという子はおとなしいので、どんな子なのかけんたはあまり知らないのです。そんなよく知らない子があんなふうに書いてくれたなんてゆめみたいで、あんなに照れくさい気持ちになったのははじめてでした。

そして、それ以上にびっくりしたのは森先生のことです。自分のことを「けんたくん」と呼んだんです。そのときはどきんとしました。その後、国語の時間に言ったことをほめてくれたらしいんだけど、そんなの少しも耳に入りませんでした。けんたの心の中で「けんたくん」という声がぐるぐる回っていたのです。

けんたには、いまだに、あのとき何が起こったのかよくわかっていません。とにかく不思議な一日でした。ただ、照れくさくて、どういう顔をしていいのかわからなかったというのが正直なところです。でも、あの日から一か月、何かが変わったことだけは確かです。

よくわからないことだらけだけど、一つだけはっきりわかったことがあります。それは、元気もりもり先生はこれまでの先生とかなりちがうということです。どうちがうかと言われても説明できないけれど、あのまっすぐな目で見られると、「そうだよなあ」という気持ちになってしまうのです。だから、あの日以来、けんたの心はおだやかになりました。相変わらずあまのじゃくぶることはあるけれど、それもいつもわらってすんでしまいます。だからかどうかわからないけれど、いつの間にか正や明と普通に遊べるようになっていました。

それに、勉強は苦手だけど、元気もりもり先生の授業はおもしろいからやる気が出るのです。なかでも、国語で物語を読む授業をするときは、先生もやる気いっぱいだし、みんなもむちゅうになります。半月くらい前から、教科書にのっている「白いぼうし」という物語を読む授業が始まっているけど、みんなは国語の時間を楽しみにしているようです。そして、内心、けんたも……。

この日の3時間目も、その「白いぼうし」（あまんきみこ）の授業でした。

6

「きれいだなぁ。」

みんなの言うことをきいていたさやかがぽつんとつぶやきました。となりの席のけんたは、そんなさやかの顔をそっとのぞきました。けんたの視線に気づいたのでしょう。さやかがけんたに目を向けて恥ずかしそうにほほえみました。けんたは、何も言わず、ただ小さくうなずきました。

タクシー運転手の松井さんは道端に落ちていた白いぼうしを横に退けようとして、中に入っていたちょうを逃がしてしまいます。そのすきに乗り込んだ女の子を乗せて、菜の花が咲く野原の前まで来たのです。すると、女の子がいなくなっている、「白いぼうし」はそういう物語です。みんなが言っているのは、その最後の場面、客の女の子がいなくなったときに運転手の松井さんが見た窓の外の景色です。


「おや。」

松井さんはあわてました。バックミラーには、だれもうつっていません。ふり返っても、だれもいません。

「おかしいな。」

松井さんは車を止めて、考え考え、まどの外を見ました。

そこは、小さな団地の前の小さな野原でした。

白いちょうが、二十も三十も、いえ、もっとたくさん飛んでいました。クローバーが青々と広がり、わた毛と黄色の花の交ざったたんぽぽが、点々のもようになってさいています。その上を、おどるように飛んでいるちょうをぼんやり見ているうち、松井さんには、こんな声が聞こえてきました。

「よかったね。」

7

さやかの読み声をききながら、森先生は、うれしくて仕方がありませんでした。あのおとなしいさやかが、やわらかい声を響かせて読んでいる、そして、子どもたちが、そんなさやかの読み声を大切にきいている、そして、横にすわるけんたがさやかに心配そうな目線を送った、それは、元気もりもり先生がゆめにまで描いた光景でした。

けんたとはまだ十分コミュニケーションがとれているわけではありません。けれども、彼の視線に以前のような険しさがなくなり、おだやかさを感じるようになったのです。これでよいと森先生は思いました。これからはそんなにあわてないで、ゆっくりと彼とのつながりをつくっていけばよいと思ったからです。

さやかの音読が終わると、子どもたちが話し始めました。

「松井さんもぼくらと同じように、きれいだなと思ったと思います。ほんとにきれいだから。」

「こんな景色を見たら、だれでも見とれるんじゃないかなあ。」

「でもさ、きれいだとは思ったと思うけど、それより不思議な気がしてたんじゃないかなあ。」

「わたしもそう思います。松井さんは、何がなんだかわからない。」

「車を止めたところがそんなきれいなところだったというのは、ぐうぜんみたいなものでしょ。だから、なんだかきつねにつままれたみたい。」

「車に乗っていた女の子がいなくなっているのに気づいたとき『おや』とあわてているでしょ。そして、『おかしいな』と思いながら窓の外を見たんだから、何が起こったのかわかってないんだと思う。だから、そのきれいな景色をぼんやり見つめていたように思う。」

「本にも『ぼんやり』と書いてあるよ。」

「ほんとだ。」

「『ぼんやり』というのは、きれいだなあ、ちょうがうれしそうだなあというのと、何なんだろうという不思議なのがまざっているように思う。」

子どもたちは松井さんになって野原を見つめる目線に立っている、森先生は、そういう読み方になるのを願っていましたから、ここまでの子どもたちのことばに満足でした。ところが、正が次のような発言をしたことによって、その雰囲気が一変しました。

「松井さんに、『よかったね。よかったよ。』という声がきこえてきただろ。『よかったね。』っていうのは、ちゃんと帰ってこれてよかったっていうことをちょうの仲間が言うてるんやと思う。松井さんには、そういうちょうの声がきこえたんやから、あの女の子はちょうだったのかと気がついたんじゃないかなあ？」

「うん、そう、そう。」

「そうやなあ。」

「女の子が言っていた『菜の花横町』というのは、ここのことだったんだ。」

「女の子はそこに帰れたから、車からいなくなったんだ。」

「だから、ちょうはおどるように飛んでいるんだ。」

「ちょうは喜んでいる。」

子どもたちは、雪崩をうったように女の子がちょうだったという方向に走り出しました。もちろんそう読んで間違いではありません。だれだってそう読むのです。だから、これはこれでよいのです。けれども、森先生は、このままいつまでも子どもたちに語らせることは避けたいと思いました。それは、「そうだったのだ」とわかってしまうことで、このファンタジーの味わいがなくなってしまうと思ったからです。

「そうかあ。……じゃあ、『おや』とあわてたところから、『よかったね。よかったよ。』という声がきこえてくるところまで、そのときの様子が見えてくるように、松井さんのすがたや気持ちも見えてくるように、読むことにしよう。……いつものように、グループになって！」

物語の味わいを大切にしたいときは音読をする、これは森先生がいつもしていることです。しかも、一人で読むのではなくだれかにきいてもらうことによって読みに味わいが出るというのが森先生の考え方です。だから、グループにするのです。

森先生の指示が出ると、子どもたちは待っていたかのように机をくっつけて、すぐに音読を始めました。いつものように最初はまずめいめいで読んでみるのです。生き生きとした声が幾重にも重なって教室に響きます。しばらくすると、どのグループも一人ずつ読んで互いの読みをきき合うようになりました。あっちのグループからもこっちのグループからも澄んだ読み声がきこえてきます。それをきく子どもたちもいい顔をしています。

森先生は、そんな様子をじっと見つめ、子どもたちの読み声に耳をそばだてていました。すると、窓側のけんたのグループの読み声が止まったのです。そして、四人が顔をくっつけるようにして何か話し出したのです。どういうことだろうと興味をそそられた森先生は、けんたのグループの近くまで行ってみました。

「けんちゃん、けんちゃんはさ、どうしてそう思うの？」
「みのちゃんの読み方、はっきり読んでいてすごくよかったと思うけど……」

二人の子どもが　けんたに尋ねているようです。もう一人のさやかはいつものように黙ったままです。すると、けんたがおだやかにこう答えたのです。

「ぼくがさ、『よかったね。よかったよ。』はもっと小さな声で読まなあかんと言ったのはさ、はっきり読むと『シャボン玉のはじけるような、小さな小さな声』にならへんから。」

その答えをきいた瞬間、森先生は体中に電気が走ったような気持ちになりました。そう、その通りだ！と。

「あっ、そうかあ。そうやなあ。」

「そうや。ここは、いつものはっきりした読み方ではあかんのや。」

「そうや。先生が、『そのときの様子が見えてくるように』って言っていたから、そういうふうに読まなあかんのや。」

「松井さんの耳にも、小さな小さな声できこえたんやから、そう読まんと、ほんとにはならへんのや。さやかちゃん、どう思う？」

「私も、けんたくんの言ったとおりに、（きこえるかきこえないくらいの声で）『よかったね。よかったよ。』ときこえてきたんだと思う。」

「うわっ、さやかちゃん、うまい。ほんとに、シャボン玉のはじけるような声や。そうや、そんな声なんや。」

森先生は感動していました。けんたが主張したことは当たり前と言えば当たり前のことです。文章にそう書いてあるのですから。でも、「音読ははっきりと声に出して」といつも言っていますから、それを忠実に実現しようと一生懸命になると、子どもたちは状況に合わせた読み方ができなくなるのです。けんたのグループのみのるという子どもはそこに陥ってしまったのでしょう。いや、そういう読み方をしてしまったのはみのるだけではなさそうです。あちこちのグループからきこえてくる読み声は、どれもこれも、いかにも楽しそうな、元気いっぱいの「よかったね。よかったよ。」だったからです。森先生は、けんたがそこに陥らなかったことに感動したのです。そして、それは、いかに物語の世界を読み描いているかを表していると思ったのでした。

グループの時間が終わり、この時間の最後に、みんなの前で音読をしてきき合うことになりました。一人、二人と読んでいきます。どのグループも松井さんの見た景色の美しさ、そして、松井さんが感じた不思議さをかもし出しています。よい読みです。でも、「よかったね。よかったよ。」をけんたが言ったように読めた子どもはいませんでした。

いよいよけんたのグループになりました。

「先生、ぼくらのグループはさやかちゃんが読みます。」

とつぜん、みのるが言いました。さやかは、「ええっ」という顔をしました。そして、どうしてよいかわからず、恥ずかしそうにもじもじしました。

そのときです。けんたが、さやかの腕を支えるようにしていっしょに立ち上がったのです。その予想外のけんたの行動に、クラスのみんなは驚きました。森先生も、驚きました。けれども、それは素晴らしいことに違いありません。とっさに森先生が声をかけます。

「けんたくん、ありがとう。……せっかく立ったから、さやかさんといっしょに読んでくれる。……そしてさ、『よかったね。よかったよ。』のところは、さやかさんが『よかったね。』を、けんたくんが『よかったよ。』を読んでくれると、ちょうとちょうがそんなふうに言い合っている様子が浮かぶんじゃないかなあ。……いい？　やってくれる？」

こうしてさやかとけんたの予定外のペアによる音読が実現しました。恥ずかしそうなさやかを支えるようなけんたの読み声が響きました。森先生は、こんなけんたの声をきいたのは初めてだと思いました。子どもたちだってそうなのでしょう。みんな目を丸くしてきき入っています。

そして、「よかったね。よかったよ。」です。さやかが、ささやくような小さな小さな声で「よかったね。」と読み始めたとき、子どもたちの顔に「ええっ！」という表情が浮かびました。そして、それに続いてあの乱暴者だったけんたが、さやかにささやきかけるように「よかったよ。」と読んだのです。子どもたちはあっけにとられています。こんなけんたを見たことがなかったのです。

二人の音読は、「それは、シャボン玉のはじけるような、小さな小さな声でした。」と読んで終わったのですが、そこまで読んで、そうか、そういうことなのかという納得の思いが教室中に流れました。

子どもたちは、目の前で起こった出来事に心揺さぶられたようです。読み終わってしばらく教室が静まったように感じました。そして、やがてだれかがパチパチと拍手をしたのです。正です。するとその拍手がまたたく間に広がり、やがて教室中が子どもたちの拍手で包まれました。

8

それにしても、けんたのやつ、なんとも照れくさそうな顔をしてたなあ。授業を終えて教室から職員室に向かうろうかで、森先生は、拍手の渦に包まれるけんたの横顔を浮かべ、ふふっとほほえみました。すると、いつの間にか、

「よかったね。」
「よかったよ。」

というシャボン玉のはじけるような声がきこえてきました。先生は、はっとして耳をすましました。

「よかったね。」
「よかったよ。」

繰り返し続くその声は、まるで、あの小さな野原から飛んできたちょうが、この教室の出来事を祝福してうたっているかのような、かすかなかすかな声でした。元気もりもり先生は、その声にうっとりと耳を傾けながら、職員室に戻ることも忘れて立ちつくしていたのでした。

（出典・山村暮鳥「雲」『山村暮鳥詩集おうい雲よ』岩崎書店、一九九五年。
あまんきみこ「白いぼうし」「国語」四上、光村図書）

●学びの素顔+4

「ちがいは？」ならどうしてひき算なの

1

──「ちがい」って、どうしたらいいんだろう。

みちるはさっきからずっと考えています。

みちるは、算数が大の苦手です。計算のやり方を飲み込むのに時間がかかるし、やっとできるようになってもみんなみたいにさっさとできなくて、いつもいちばん遅くなるし、そして、それよりもっといやなのは、足し算をすればよいのか引き算をすればよいのか、それすらもわからないことが多いのです。まさにこの日がそういう状態でした。

＊

みちるたちのクラスでは、先生から問題が出ると、まずノートにその問題を書き写します。先生は、

「ただ写すだけではだめだよ。どんなことが書かれているか、どんなことをきかれているのか、よく考えながら書くんだよ。」

と言います。だから、みちるも考えながら書いているんです。それでも、どうしてよいかわからないことが多いのです。

この日も、みちるは考え考え、ゆっくりと書き写しました。

きぼうがおかどうぶつランドに８人で行くことになりました。しらべてみると、そこに行くには、バスでは一人500円、でんしゃだと300円のうんちんがかかるそうです。

バスで行くのとでんしゃで行くのと８人分だとちがいはどれだけですか。

書き終わって、さあ、どうしようかと、みちるは首をひねりました。すると、きのうの算数でしたことがふっと浮かびました。おんなじようにしてみよう、みちるはそう思いました。

500＋300＝800

こう書いて、みちるは不安になりました。なんだかきのうと同じではないような気がしたからです。

みちるは、ノートをめくり返して、きのう書いたところを見ました。そこには、こう書いていました。

山本くんは、ともだちといっしょに6人でたんじょうび会をすることになりました。それで、おかし1ふくろとジュース1本を一人ずつによういすることにしました。おかしは1ふくろ50円、ジュースは1本90円です。

山本くんがお店ではらうだいきんは、ぜんぶでいくらでしょう。

50＋90＝140

140×6＝840　　答え　840円

きのうは、まずおかしとジュースの代金を足し算しました。それでよかったのです。みんなより少し遅くなったけど、ちゃんとできたのです。そして、きょう、先生は特に何も言わずに、きのうと同じように問題を出しました。だから、みちるは、きのうと同じようにやり始めたのです。でも、「500＋300＝800」まで書いて、なんだかこれではいけないような気がしたのです。

きのうの問題ときょうの問題、おんなじなのかなあ、おんなじじゃないのかなあ、そう思いながらみちるは二つの問題を見比べてみました。そして、気がつきました。きのうの問題では、「ぜんぶでいくらでしょう」ときかれているのに、きょうの問題では、「ちがいはいくらでしょう」ときかれているのです。

みちるは考えました。「ぜんぶで」というのは足し算でよかったけど、「ちがいは」というのはどうしたらいいんだろう。やっぱり足し算でいいのかな、それではいけないのかな、と。困ったときは友だちにきく、それは、先生がいつも言っていることです。だから、みちるは、となりのてつやにたずねてみることにしました。

「てっちゃん。わたし、ちょっとやってみたんだけどさ、これでいいのかなあ。」
「ぼくもさ、いま、やってるとこなんだけどさ、みっちゃんは、どうやってしたの?」

そう言って、てつやがみちるのノートを見ました。てつやはじいっと見つめています。そんなてつやにみちるが言います。

「わたしさ、きのうとおんなじように、足し算したん。500と300を。だけど、なんだかそれではいけないのかなあって思えてきて……。だって、きのうの問題は『ぜんぶで』だったのに、きょうの問題は『ちがいは』だから。」

「うん。ぼくもそのこと考えてたん。きょうの問題は『ちがいは』だなあって。それでさ、きのうのように足し算にはならんなあって思ってさ……。」

そのときでした。

「そろそろ、いいかな。」

という先生の声が聞こえました。いつもそうだけど、先生からこう声がかかると、一人ひとりで考える時間が終わり、ここからみんなで考えることになるのです。

みちるは、ああっと思いました。だって、ちょうど今、頭の中がこんがらがっているからです。足し算をしたけどそうじゃないような気がして、てつやに相談したら、てつやが足し算じゃないと言ったところだったからです。それじゃあ、何算すればいいの？　わけがわからないのです。

でも、いいや。先生は、いつも真っ先に困っていることをきいてくれるもの。それを言って、みんなに考えてもらおう。みちるはそう思い直しました。

いつものように先生がみんなに声をかけました。

「困っている人もいるようだけど、それはみんなで考えればいいね。……その困っていること、きかせて。」

みちるはさっと手をあげました。ほかにも手をあげている子がいます。わたしのこと当ててほしいなと思ったそのとき、先生がみちるのほうを見ました。そして、

「みちるさん。」

と当ててくれました。

2

電車賃とバス代の違いを出すには、まず一人分のちがいを出してからそれを八人分に8倍するというやり方と、八人分の電車賃、八人分のバス代を出してから、そのちがいを出すというやり方の二つがあるということを理解させたいというのが、康彦先生のこの授業のねらいでした。けれども、それをそのまま教えたのでは、やり方だけを表面的に習得させるだけになって、子どもたちに考えるおもしろさが生まれません。ですから、そのようなねらいは子どもに話さず、どんな方法でもよいから一人ひとりの子どもが問題に立ち向かうようにしたのです。康彦先生、いつもの授業の進め方です。

問題を提示してから5分、康彦先生はじっと子どもの様子を見つめていました。困惑の表情、止まって動かない鉛筆を見逃さないように。すると、みちるに目が留まりました。算数を苦手にしている子どもです。そのみちるが、しきりに首をひねっているのです。

そっとそばに行ってみました。そして、肩越しにノートをのぞきました。するとそこには、「500＋300＝800」と書かれていたのです。見ただけでわかりました。それは「ぜんぶでいくら」という問題に対してとったきのうのやり方であり、みちるは、「ぜんぶでいくら」という問いと「ちがいはいくら」という問いの区別ができないでいるのだと。ここがネックになって戸惑う子どもがいるだろうという予測を康彦先生はしていたのです。

間違いは宝物です。間違いには間違うだけのわけがあります。そのわけを掘り起こすことで、いま学ぼうとしていることの真のすがたが見えてくるのです。康彦先生は、常にそう考えるようにしています。ですから、そういう学びの体験を何度も繰り返してきた子どもたちは、間違っていても困っていても、それを知られることにあまり抵抗を感じなくなりました。むしろそれを受けとめてもらうことに期待感を抱いているようです。だれかの間違いや困っていることに耳を傾けそれを自分のことのようにいっしょに考えようとする心がみんなに育ってきていて、いつもそのように受けとめてもらえるとだれもが信じているからでしょう。

決めました。みちるの戸惑いから学びを始めようと。でも、そうすることによって、思いもかけない学びがすがたを現すことになるとは、さすがの康彦先生も気づいていなかったのでした。

「困っている人もいるようだけど、それはみんなで考えればいいね。……その困っていること、きかせて。」

康彦先生はそう声をかけました。そして、その声に応えて挙手をしたみちるを指名しました。立ち上がったみちるが問題の書いてある黒板の前に出てきました。そして、

「(問題で)きいていることはわかるんだけど、前までだったら『全部で何リットル?』とか『何個?』だったからわかったんだけど、きょうは『ちがいはいくら』でしょ。だから、わかりません」

と、問題文の「ちがいはいくら」を手で指し示しながら言ったのです。

「ああ。」

「『ちがい』っていうのはさあ。」

子どもたちがすぐ反応しました。でも、康彦先生は、後ろのほうにすわっているみずきがみ

ちるの言うことをききながら何度もうなずいているのを見逃しませんでした。

「みずきさん。みちるさんのわからないところ、どういうところだと思った？　みちるさんの話をききながらうんうんとうなずいていたから、きかせてほしいな。」

促しを受けたみずきが黒板のところに出てきます。そして、

「きのう勉強したように『ぜんぶでいくら』というのだったら、こんなふうに足し算をするんだけど……」

と言いながら、黒板に、中に５００円と書いたマルを横に8個、３００円と書いたマルも8個、５００円のマルの下に並べるように描いて、５００円と３００円のマルそれぞれを「＋」という記号で結んだのです。そして、

「だけど、きょうの問題は『ちがいはいくら』だから、そういうふうにはできないと思って、

それで、どうしたらよいのかわからなくなったんだと思います。」

と話しました。

康彦先生は、このみずきの話をみちるがどのようにきいているか、注意深く見ていました。するると、500円と300円のマルを「＋」で結んだときに、強くうなずいたのです。「そう、わたしもそう考えたの」というように。

＊

「そうやなあ。『ぜんぶで』というのと『ちがいは』というのと、そこが大事なところやから……。」

「そやから、足し算ではいけないんや。」

自分と異なる考えや意外な考えなど、どんな考えであっても、そう考えた人の考え方をさぐるようにきこうと言い続けてきたこともあって、子どもたちは「わからない」を決しておろそかにしなくなりました。そして、最近では、「わからない」ということを共感的に受けとめるようになったのです。康彦先生は、そういう子どもたちのことがたまらなくうれしいのです。

そういう雰囲気を心地よく受けとめながら、康彦先生がやわらかく子どもたちに問いかけます。

「そうだね。そこがとっても大切なところだね。じゃあ、足し算じゃいけないんだったら、どういうふうに考えればいいのかなあ?」

何人かの子どもが自分の考えを述べ始めます。

『ぜんぶで』というのは全部にするんだから足し算だけど、『ちがいは』というのは、ちがいでしょ。きょうの問題だと、電車賃とバス代のちがいでしょ。それは、引き算して出すんだと思う。」

「そうそう。『ちがいは』は引き算。」

「500円引く300円です。」

「みずきさんが黒板に書いた『十』を『二』に全部変えたらいい。」

「そうそう。一つひとつ全部『二』にする。」

「そうすると、『500－300＝200』になって、一人のちがいは２００円。」

ここまで子どもたちの発言が続いたときでした。みちるが、消しゴムで何かを消したのです。そして、そこに何かを書きました。よく見ると、それは、「－」の記号でした。「500＋300」の「＋」を「－」に書き換えたのです。そして、そこに「＝200」と書き加えたのです。ああ、みちるは、ようやく納得したんだなと康彦先生は思いました。

「ぼくも、『ちがい』は引き算なので、引き算したんだけど、ぼくの引き算の式は、『500－300』じゃないんだけど。」

この発言が出たとき、康彦先生は、これでいよいよきょう目当てにしたことに入れると思いました。みちるの「わからなさ」もクリアしたし、ちょうどよいときに、もう一つの考え方が出てきたからです。

「どういうこと。説明して。」

「ぼくは、はじめに電車賃もバス代も八人分計算しました。その後で、電車賃からバス代を引き算しました。」

この子どもは、このように言いながら、

$$500 \times 8 = 4000$$
$$300 \times 8 = 2400$$
$$4000 - 2400 = 1600$$

と黒板に書いたのです。

こうして康彦先生は、「500−300＝200」とした場合は、２００を8倍して１６００円を出すことも明らかにし、同じ八人分の「ちがい」１６００円を出すのに、二つの方法があることを導きだしたのでした。

3

みちるは、みずきが黒板に8個ずつ2段のマルを描いて、それを『＋』で結んだとき、ああ、わたしとおんなじだと思いました。そう思うと、なんだかほっとします。自分と同じわからなさで迷っていた人がいたんだと思うと、心強くなるのです。

そして、「『ちがいは』は引き算」という言葉をきいたとき、やっぱりそうかと思いました。足し算の逆は引き算ですから、足し算じゃないとわかったときからそんな気がしていたからです。

みちるは、ノートに書いた「500＋300」の「＋」を消して「－」に書き換え、「500－300＝200　200×８＝1600」と、きちんと書いたのでした。

そして、自分の書いたのをじっと見つめました。「『ちがい』と言えば引き算」と口ずさみながら。

そのときでした。ふっと、「ちがい」だと、どうして引き算になるのだろう？　という疑問が浮かびあがってきました。

＊

「お母さん。どうしてわたしは行っちゃいけないの？　わたしも行きたい。」
「あなたはまだ三年生でしょ。お姉ちゃんとはちがうの。」

みちるの頭に浮かんできたのは、このときのお母さんのことばでした。みちるが行きたいと言って駄々をこねたのは、中学生の姉が友だちと大型ショッピングモールに行くことになったときのことです。そこは、小学校の校区外にあって、小学校では子どもだけで行くことは止められていました。でも、親に連れて行ってもらった子もいて、学校でそのショッピングモールのことが話題になっていたのです。だから、みちるは、ダメだとわかっていても駄々をこねてみたかったのです。そのときお母さんが言ったのが「お姉ちゃんとは『ちがう』」だったのです。

あのとき、引き算なんかしなかった！
みちるは、そう思いました。だから、「ちがい」はみんな引き算じゃないような気がしてきたのです。

「ちがいは」ならどうして引き算なんだろう？

こうしてこの後、みちるの疑問は、ますます大きくなっていったのでした。

4

授業は、あと数分を残すだけになりました。ねらいとしていた二つの求め方を子どもの気づきをもとに扱えたことで、康彦先生はこの授業に手応えを感じていました。

最後にもう一問、同じ解き方を要する問題を提示して、この日の学習を確かなものにしようと思ったときでした。最初に、「『ちがい』はどうするかわかりません」という疑問を出したみちるの手があがったのです。

彼女が算数の苦手な子どもであることはわかっていますから、これは、まだわからないところがあるということだと康彦先生は直感しました。でも、さっきは引き算の式をノートに書いて答えもきちんと出していたのに、いったいどういうことだろうと思いながら、とにかく彼女の考えをきくことにしました。

おもむろに立ち上がったみちるが言ったのは次のようなことでした。

「わたしね、みんなが言うように引き算にしてみたから、ちゃんと答えが出たの。だけど、どうして『ちがい』だと引き算なのか、いつでも、『ちがい』というときには引き算にすればいいのか、それがわからへん。」

みちるのこのことばをきいて、子どもたちはしんとしました。どう答えてよいかわからなかったのでしょう。それは、康彦先生にとっても同じでした。「ちがい」を出すのは引き算だということは当然のことで、それがどうしてかなどと考えたこともなかったからです。けれども、みちるは、それがわからないと言うのです。

疑問そのものがよくわからないときは、その疑問を出した人の話をもう一度しっかりきくこと、それはいつも康彦先生が言っていることです。一人の子どもがみちるに尋ねました。

「みちるさん。みちるさんは、どんなことを考えて、そのことを知りたいと思ったの。その考えたことがあったら、話して……。」

そのやさしい言い方で安心したのか、みちるが話し始めます。

「わたしね、きょうの問題は、引き算でいいと思うの。だけど、わたしは、家でいっつもお母さんに、『みちるはお姉ちゃんとはちがうんだから』と言われるの。そのとき、くやしかったり、お姉ちゃんはいいなあとうらやましくなったりするんだけど、そんなとき一回も引き算しなかったの。だから、『ちがい』と言っても、引き算をするときとしないときとあるのかなと思って……。」

「ああ。」

何人もの子どもの口から共感のつぶやきがもれました。そして、次々と同じような体験を話し始めました。

「ぼくもある。ぼくは、大人と子どもはちがうって言われる。」

「わたしは自分から言います。妹とはちがうって。だって、わたしとおんなじことを妹が真似しようとするから。」

「ぼくは双子だけど、弟とぼくと顔はそっくりなんだけど、性格がちがうって言われるよ。」

康彦先生は、こんな子どもたちのことばをききながら、こういう体験はどの子にもあるからなあと思っていました。そして、「ちがい」イコール引き算とは言えないというみちるの考え方はその通りだけど、さて、みちるのこの疑問にどう答えればよいのだろうと思案していました。

すると、一人の子どもが次のように言ったのです。

「今さ、みんなが言ったのさ、どれもだれかと比べてない？　お姉ちゃんや大人、それから妹や弟、それを自分と比べてる。」

「そうや。『ちがい』は何かと何かを比べたときに使うことばなんや。」

「きょうの問題かてそうや。電車賃とバス代を比べてる。」

そうか。……このとき、康彦先生の心にピッとひらめくものがありました。「ちがい」とは

「比較」からわかることなんだ。そして、そのとき何と何を比較しているのかが大切で、その比較の仕方の一つに「引く」という計算があるんだ、と。

考えてみれば、私たちは日常生活の中で様々な比較をしています。比べることで、何かを考え、発奮したり、逆に落ち込むことになったり、もうそれは、実に様々です。その「ちがい」をどう受けとめ、そこからどんな考え方を導き出すかは、とても大切なことにちがいありません。そういえば、国語の時間に学習した詩に、金子みすゞの「わたしと小鳥とすずと」というのがあったけれど、その詩の最後に「みんなちがってみんないい」と書かれていました。それは「ちがい」をとても大切にする詩でした。

そんなことを考えていると、みちるが出した疑問はとても大切なことのように思えてきました。それは、もう、算数の学習の範疇《はんちゅう》を超えていて、物事の認識のあり方であり、人としての生き方でもあると思いました。

康彦先生は、子どもたちにこう話しかけました。

「なるほどね。みんなはいろいろな『ちがい』を感じているんだ。そして、そのときは、どんなときでも、何かと何かを比べているんだね。……ここに二枚の色紙があるね。この色紙とこの色紙のちがいは？」

「赤と青です。」

「そうだね。ということは、二枚の色紙の何を比べたの？」

「色。」

「そうだね。じゃあ、このチョークとこのチョークは同じ白色だけど、ちがいは？」

「長さが違う。」

「そうだね。」

「先生。わかった！　『ちがいは』というときは、色とか長さとか、比べている何かがあるんや。」

「そうや。ぼくは、弟と性格が違うって言われたから、性格を比べた『ちがい』なんや。」

「ぼくは、大人のすることと子どものすることを比べたんや。」


考えてもいなかった展開だけれど、康彦先生は、感激していました。なんでもない算数の学習だと思っていたのに、みちるの疑問で、「ちがい」という大きな学びに突入していったからです。

チャイムが鳴りました。授業を終えなければなりません。

そこで康彦先生は、そっとこのように子どもたちに問いました。

「みんなの言うように、何を比べて『ちがい』を考えるのかということが大切だね。それって、すごい発見だよ。そこで、最後に、みちるさんの疑問なんだけど。引き算をする『ちがい』は、何を比べたときなんだろう。……きょうは、家に帰ったら、そのことを考えておいてください。そして、明日の算数の時間にみんなの考えを出し合って考えたいと思います。……みちるさん、とってもいい疑問、ありがとう。これから算数の時間に『ちがい』を考えることが何度もあると思うけど、そのときはもちろん、それだけじゃなくて、普段の生活で『ちがい』を考えるいろいろなときに、きっと、先生もみんなも、きょうのことを思い出すと思うよ。きょうは、とってもすごいことがおきた算数の時間だったね。……これで終わりましょう。」

5

ありがとう、先生。ありがとう、みんな。

学校からの帰り道、みちるは何度も心の中でつぶやきました。

いっしょに帰るまりやも、算数の時間のことが心にあるのでしょう。算数のことなど話したことがないのに、きょうは自分から話しかけてきました。


「ねぇ、ねぇ、『ちがい』のことだけどさ……。」

「うん。」

「わたしもさ、なんでわたしはおにいちゃんとちがうんだろう、なんでお母さんが好きなものをわたしは食べられないんだろう。何がちがうんだろうっていっつも考えてた。」

「うん。」

「きょう、算数の時間に思ったんだけどさ、先生が言ってたように、何を比べるかということなんだね。」

「そうだね。わたしも、そうなんだなあって思ってた。」

「それでさ、みっちゃんが言ってた引き算になる『ちがい』なんだけどさ、それってどう思った？」

「うん。まだ考えてる。」

「きのうさ、お母さんがさ、お父さんと話しているのをきいたんだけどさ。灯油がね、ガソリンスタンドで１１００円なのに、北町のショッピングセンターだと９９０円だったって。……それで『１１０円もちがうなあ』って言ってたん。それって引き算してるでしょ。」

「うん。」

「だからさ、いくらちがうかというように、お金のことなら引き算になるんじゃないかなあ。」

「ああ。そうかあ。」

「きょうの問題の電車賃とバス代もお金でしょ。」

「うん。」

「そやから、お金のときは引き算するんや。」

北町ショッピングセンター
町を
きれいに!

まりやは、謎が解けたとばかり、うれしそうに言いました。みちるも、まりやの言うとおりだと思いました。色や食べ物のちがいにはお金は直接関係ありません。お金だから計算が必要なのです。だから引き算するのです。そうだ、そうだったんだと思いました。でも……と、またみちるは考えました。引き算をする「ちがい」って、みんなお金なのかなあと。みちるはまたわからなくなりました。

「あっ、ゆっこちゃんだ。」

まりやが、同じクラスのゆき子を見つけて手を振りました。ゆき子も気がついてこちらへ走ってきます。

こうしてこのあとは三人連れ立っての帰り道になりました。「ちがい」のことは、「もうわかっちゃった」と思ったからでしょう。まりやは話題にしませんでした。そんなことよりももっと楽しい話になったので、みちるももうそのことは話しませんでした。

あした、みんなの考えがきける。だから大丈夫。みちるはそう自分に言いきかせました。でも、「ちがい」って、いろいろあるんだなあと思いました。そのことがわかっただけでも、なんだかすごいことをべんきょうしたみたいな気がしました。

みちるはもう一度心の中で言いました。「みんな、ありがとう。先生、ありがとう。」と。

●学びの素顔＋5

おばあちゃん先生の「わらぐつの中の神様」の授業

1

よし子先生が五年生を担任するのは今年で三回目です。二月に入り、その三回目の一年も終わりに近づいてきました。

よく笑う子どもたちでした。過去二回の五年生と比べると、どこか幼く危なっかしさを感じることもありましたが、男女かかわりなく遊び、声をかけ合い、ここぞというときには思いがけないまとまりを発揮する子どもたちが、よし子先生は好きでした。かわいくて仕方ありませんでした。そんな子どもたちとも、後、数えるほどの日々になりました。そのさびしさの中で、国語の時間に学習する「わらぐつの中の神様」（杉みき子）という物語の授業を、子どもたちとの思い出にしたいと考えていました。

よし子先生は五十七歳です。そんな先生のことを子どもたちは、「おばあちゃん先生」と呼びます。というのは、よし子先生には六歳になる孫がいるからです。よし子先生は、その孫のことがかわいくて、教室で時折子どもたちに孫の話をしました。それでいつの間にか、「おばあちゃん先生」と呼ばれるようになったのです。

その「おばあちゃん先生」が、なぜ「わらぐつの中の神様」をそれほどまで大切に思ったのでしょうか。

雪がたくさん降る地方が舞台のお話です。びしょびしょになったスキー靴の代わりに、学校にわらぐつをはいていくようすすめたところ、「みったぐない」と孫のマサエがいやがります。そこで、おばあちゃんは、わらぐつには神様がいると言い、そのことをきっかけに昔話を語ることになります。

それは、おみつさんという娘の話でした。おみつさんは、かわいらしい雪下駄ほしさに、わらぐつを作って売ることを思いつきます。おみつさんは、心をこめてしっかりしっかり編むのですが、出来上がったものはへんな格好、朝市でむしろの上に並べるのですが売れません。ところが、一人の若い大工さんがそれを買ってくれるのです。しかも、次の日もその次の日も。不思議に思ったおみつさんは、すぐにいたんだりしていないなかったのかと尋ねたところ、大工さんは、使う人の気持ちになって作ったものには神様がいるとそのわらぐつをほめたのです。そして、おみつさんにお嫁に来てほしいと告白するのです。

こんなおばあちゃんの話を、目をくりくりさせてきいたマサエは、そのおみつさんが自分のおばあちゃんであり、大工さんがおじいちゃんであることを知るというストーリーなのです。

よし子先生は、この物語がずっと好きではなかったのです。心をこめて作った物には神様がいるなどというお説教をきかされているような感じがしたからです。人によっては、大工さんとおみつさんの恋愛話じゃないかとも言います。どちらにしても、よし子先生はこの話に魅力を感じていませんでした。

ところが、孫が生まれてから、この物語の見方が変わってきました。おばあちゃんが孫のマサエに自分の昔話を語りきかせるこの物語が、なんだか身近に感じられるようになったからです。すると不思議なもので、少しもお説教くさく感じないようになりました。それよりも、こんなおじいちゃんとおばあちゃんを持つマサエはなんと幸せなんだろう、またおばあちゃんの話をこんなに素直に尊敬してきける孫がいることがどんなに素晴らしいことだろうと思うようになったのです。

よし子先生は思いました、わたしのクラスの子どもたちは、自分の祖父母のことをどう見ているのだろうかと。「わたしのおばあちゃんとおじいちゃんは、こんなおじいちゃんとおばあちゃんなんだよ」と自慢に思う子どもが何人いるだろうかと。そして自分の孫は自分たちばあちゃんじいちゃんのことをどう感じているのだろうかとも思ったのです。

とにかく、この物語は、ひざをつき合わせるようにして、ゆったりと語るおばあちゃんとその話にきき入る孫のマサエのすがたが見えてきたことによって、よし子先生にとって魅力的なものになりました。声に出して読んでいると、まるでおばあちゃんの語り口がきこえてくるようなのです。それは、わらぐつを媒介にして生まれたおじいちゃんとの懐かしい昔話を、こんなにも誇らしく孫に語ることのできるうれしさに満ちあふれているように思えました。そうなると、もう「神様」がどうのこうのということは少しも気にならないのです。このおばあちゃんには、何かをマサエに教えてやろうという思惑はないように思えました。だから、マサエはこんなにも話に引き込まれたんだと納得してしまいました。そして、自分の孫のことを思い出してなんだかわくわくしてくるのでした。

そのときから、よし子先生は、クラスの子どもたちとこの物語を読むことが楽しみになったのです。もちろんそれは、子どもたちに自分が感じた、世代を超えて祖父母とつながる素敵さをわからせようと思ったのではありません。子どもというものは、そのような色気を出したときからかえって引いていくものだということを、よし子先生は長い経験から知っていました。ひょっとすると、そんなよし子先生だからこそ、物語のなかのおばあちゃんのやわらかな語り口がきこえ、「神様」うんぬんが気にならなくなったのかもしれません。

よし子先生が子どもたちとこの物語を読むことが楽しみになったのは、このように発見したこの物語の魅力をクラスの子どもたちはどう読むだろうかと思ったからです。もちろん「神様」に注目して読む子どももいるでしょう。おばあちゃんになるまでのよし子先生もそのことにとらわれて読んでいたのですから。この物語はそう読んで普通です。また、大工さんとおみつさんの淡い恋のつながりに心ときめかせる子どももいるかもしれません。それはそれでよいのです。

よし子先生のクラスの子どもたちは、この物語を感じたまま素直に読んでいくでしょう。そのなかで、ひょっとすると祖父母と孫のつながりの素敵さを感じる子どもがいるかもしれません。そういう読みも含めたいろいろな子どもたちの読みをきくこと、そして、孫のような子どもたちと語り合うこと、それが「わらぐつの中の神様」の最良の読み方であり、それこそひざつき合わせておばあちゃんと孫がふれ合う「わらぐつの中の神様」の世界そのままではないかと思ったのです。だからこそ、この授業を子どもたちとの思い出の授業にしようと考えたのでした。

2

「はじめは、少しぐらい格好が悪くても、気にしないで元気よく売りに行ったよね。でも、今は、格好を気にしている。そんなおみつさんに、大工さんが言ったことばがありましたね。急にまじめな顔になって言ったその大工さんのことばを、みんなで考えてみましょう。」

昔話の最後に、大工さんがおみつさんに語ったことば。それは次のようなものです。

「おれは、わらぐつをこさえたことはないけども、おれだって職人だから、仕事のよしあしは分かるつもりだ。いい仕事ってのは、見かけで決まるもんじゃない。使う人の身になって、使いやすく、じょうぶで長もちするように作るのが、ほんとのいい仕事ってもんだ。おれなんか、まだわかぞうだけど、今にきっと、そんな仕事のできる、いい大工になりたいと思ってるんだ。」

昔話を語るおばあちゃんにとって、この大工さん、つまりおじいちゃんのことばは宝物のようなものなのでしょう。おばあちゃん先生には、その気持ちがよくわかります。そのことばを子どもたちはどう味わうのでしょうか。よし子先生は、子どもたちが語り出すのをじっと待ちます。

やがて那美が口を開きました。

「『いい仕事ってのは見かけで決まるもんじゃない。』というところで、野菜を買う人たちは、わらぐつを見かけで見て悪口を言うけど、大工さんは見かけじゃないと思っているから、仕事場の人たちにも買ってあげたんだと思います。」

大工さんが仕事場の人の分として買っていたということが本当だったかどうかは別にして、おみつさんのわらぐつのよさがわかっていたということはまず大事なことです。そのよさとは見かけで判断できるものではないということなのですが、那美は、まずそれを押さえてきました。この那美の発言を契機として、子どもたちは、おみつさんに語る大工さんの気持ちを次々と話してくれるでしょう。よし子先生は、ゆったりとそれを待ちました。

＊

ところが、子どもはいつも思惑どおりにはいかないものです。それが逆に面白いのですが、突然の予期しない発言には戸惑います。この日は、昭二でした。

「『見かけで決まるもんじゃない』って言っているけど、大工さんも『おれなんかわかぞうだけど』と言って、それって、自分のことを見かけで決めているんじゃない？」

ええっ、どういうこと？　よし子先生には昭二の言っていることがわかりません。……こういうときはあわてないことにしています。とにかくその子の言っていることはどういうことなのか、それがすがたを現すまで時間をとるようにしているのです。虚をつかれたのは子どもたちも同じようで、どう反応してよいものか戸惑っています。しばらくの間があって、やがて、光代が昭二に語りかけました。

「昭二くんが言ってるのは、自分のことを『わかぞう』と言うのが、見かけだけでそう言ってるということなの？」

「そう。だって、若いか年取ってるかってやっぱり見かけだろ。おみつさんは不格好だって見かけで決めているけど、大工さんも自分のことを『わかぞう』だと見かけで決めていると思う。」

「うーん、若いか年寄りかっていうのは見かけなんだけど、大工さんが自分のことを『わかぞう』と言ったのは、それと同じ見かけなんかなあ？」

「そうだと思う。もし見かけじゃないんだったら、どういうこと？」

「うーん、うまくいえないんだけど……。」

そのとき、こんなやりとりに耳をすましてきいていた武雄が二人の話に加わってきました。

「そのことなんだけど……。」

「うん。」

「大工さんが言った『わかぞう』というのは、年が若いということもあるけど、大工さんの腕前もまだまだ『わかぞう』ということじゃないのかなあ。だって、『わかぞう』と言った後、『今にきっと、そんな仕事のできる、いい大工になりたい』と言っているから。」

「ああ。」

武雄のことばに何人もの子どもがうなずきました。勝彦など、「そうやなあ！」と感心したような声を出しています。すると、このことを話題にした昭二が、

「うーん、そうかあ。……うん、そうだな。それなら、大工さんは見かけだけで『わかぞう』と決めているわけじゃないな。……うん、わかった！」

と、あっさり自説を引っ込めたのです。このあっけらかんとしたこだわりのなさを物足りなく感じることもあるけれど、昭二らしい素直さが教室をやわらげる、よし子先生がいつも思っていることです。この日もそうでした。昭二の考えをめぐるこのやりとりで、一気になごやかに考え合うムードが高まりました。

＊

「だからさあ、大工さんはさあ、おみつさんが見かけで決めているように思ったから、おみ

つさんに自信を取り戻してほしいと思ったんじゃない。だから、こんな話をしたんだと思う。」

ここまで真剣な眼差しで話をきいていた弘治が、「わかった」という表情でこのように語りました。すると、すぐその後ろに座っている静夫がそれにつなげます。

「ぼくも弘治くんと同じで、おみつさんは（自分が作ったわらぐつが）不格好だといっているけど、仕事は見かけで決まるものじゃないよ、本当は、使う人の身になって作るほうがいいんだよっと教えるように言ったんだと思う。」

さらに、ゆり、真二が続きます。

「わたしもそう思います。おみつさんは自信をなくしたので、自信を持ってほしいんだと思います。だって、大工さんはそのわらぐつを縦にしたり横にしたりして見たときから、なんて丈夫に作れているのだろうと思っていたんだから、それがおみつさんにわかってほしかったんだと思います。」

「おみつさんの努力を町の人はわかっていないけど、大工さんは、おみつさんのわらぐつのよさやおみつさんの努力がわかるから、なんとか自信を持ってほしかったんだと思う。」

おみつさんは、初めて大工さんに買ってもらったときも、「あんまり、みっともよくねえわらぐつで――」とおずおずと赤くなりながら差し出し、いよいよ売れるというときも「うまくできねかったけど――」と言っています。そして、この日も、大工さんが「おまんのわらぐつは、とてもじょうぶだよ」と言っても、「すぐいたんだりして」とか「だけど、あんな不格好なわらぐつで――」と、自分のわらぐつについて否定的に言っているのですから、そんなおみつさんに「自信をもたせよう」と大工さんが思ったということはうなずける考えです。だとしたら、大工さんにそのように思わせたおみつさんの言動をもう一度確かめる必要がある、そうよし子先生は考えました。

「そうだね。大工さんをそんな気持ちにさせるほどおみつさんは自信を失っていたんだね。その様子のわかるところ、だれかに音読してもらいましょう。みんなは、大工さんになったつもりで、おみつさんの様子を想像し、おみつさんのことばをきいてください。」

3

よし子先生が求めているのは、教師が解釈したことを探し当てる授業ではなく、子どもたち一人ひとりが自らの読みを語り、そのかかわりの中で読み味わいを深める授業です。若いころは、どうしてもわからせたい、教えたいと急ぐ授業をしてしまいました。考えてみれば、どう読むのが正しいのかと教師の意図を探りながら読まなければいけないことほど子どもにとって面白くないものはないのですが、教えなければと思うばかりにいつの間にかそういう状態に陥ってしまっていたのです。そのことに気づいたのは四十歳になったころだったでしょうか。

それ以後よし子先生は、とにかく子どもの話をよくきくようになりました。すると、思いもかけない考えを子どもたちがすること、そしてそれがとっても面白かったり魅力的だったりすることに気がつきました。ただ、突然すがたを現す予想外の考えを即座に理解することが難しく、子どもの前で立ち往生することがたびたびでした。けれども、そういう経験を何度もするうちに、よし子先生はその立ち往生状態も楽しめるようになってきたのです。子どもの発言には微妙なニュアンスの違いが含まれていて、そのちがいに気づくことは難しいけれど大変な楽しみでもあったのです。先ほどの昭二の考えなどまさにそういう発言です。

＊

よし子先生がいずみを指名しました。いずみがゆっくりと文章を読み始めます。


「あのう、いつも買ってもらって、ほんとにありがたいんだけど、あの、おらの作ったわらぐつ、もしかしたら、すぐいたんだりして、それで、しょっちゅう買ってくんなるんじゃないんですか。もし、そんなんだったら、おら、申しわけなくて――。」

するど、大工さんは、にっこりして答えました。

「いやあ、とんでもねえ。おまんのわらぐつは、とてもじょうぶだよ。」

「そうですかあ。よかった。でも、そんなら、どうしてあんなにたくさん――。」

すると、大工さんはちょっと赤くなりました。

「ああ、そりゃ、じょうぶでいいわらぐつだから、仕事場の仲間や、近所の人たちの分も買ってやったんだよ。」

「まあ、そりゃどうも――。だけど、あんな不格好なわらぐつで――。」

おみつさんがきょうしゅくすると、大工さんは、急にまじめな顔になって言いました。

「おれは、わらぐつをこさえたことはないけども、おれだって職人だから、仕事のよしあしは分かるつもりだ。いい仕事ってのは、見かけで決まるもんじゃない。使う人の身になって、使いやすく、じょうぶで長もちするように作るのが、ほんとのいい仕事ってもんだ。おれなんか、まだわかぞうだけど、今にきっと、そんな仕事のできる、いい大工になりたいと思ってるんだ。」
・

いずみの音読が終わりました。子どもたちの目が教科書から離れ、すっと上がってきたときでした。芳樹の手があがりました。

「大工さんは自分の大工の目標を言っているけど、その目標におみつさんが当てはまるということをおみつさんに知らせたくて、おみつさんをほめているんだと思う。」

この発言に幸子がつながります。

「大工さんも自分の目標を持っているから、おみつさんも自分の目標に向かってがんばれと言いたい。」

子どもたちは、よし子先生が言ったように、大工さんになっておみつさんのことばを受けとめるように音読をきいたようです。「おみつさんをほめている」「がんばれと言いたい」という芳樹と幸子のことばは、おみつさんをたたえ応援するものになっているからです。そして、それは、その前に出ている「おみつさんに自信を持ってほしい」という弘治たちの考えとつながって、大工さんのおみつさんに対する思いをとらえることになりました。それは、よし子先生が思い描いた通りのことでした。

しかし、子どもの読みが思い描いた通りに行きかけたときこそ、その方向とは異なるものが出やすいという体験を何度もしてきたよし子先生は、このまますっきりと行くはずがないと思ったそのときでした。やはり出ました。祐介です。

「『急にまじめな顔になって』だから、それまではまじめじゃなかったということだから、その前の『仕事場のみんなや近所の人たちの分も買ってやったんだよ』というのはまじめに言ってなかったんだから、『仕事場のみんなや近所の人たちの分も買ってやった』ということは、うそということじゃない？　今、気がついたんだけど……。」

よし子先生は、大工さんの言っていることは本当のことではないと考える子どもがいるだろうという予測をしていました。だから、祐介の話を「うん、うん」とうなずきながらききました。

彼は、きっと、みんなが語るおみつさんに対する大工さんの温かい気持ちを納得しながらきいたのでしょう。そして、その一方で、「どうしてあんなにたくさん」とおみつさんに問われて赤くなった大工さんのことを考えていたにちがいありません。それが、「急にまじめな顔になって」という文が目に飛び込んできたことによって、うそだったのではという考えに行き着いたのです。

＊

祐介の考えを受けて、一穂がゆったりと語り出します。

「祐介くんが言うように、私も、『大工さんが仕事場の仲間や近所の人の分も買ってやった』っていうのはうそかもしれないと思うんです。それを言うとき、大工さん赤くなってるし。……でも、ここで大工さんが『急にまじめな顔』になったのは、ここまではまじめじゃなくて、ここからまじめになったということなのかなあ。……わたしは、大工さんは、これまでもふざけていたわけじゃないと思うんだけど。」

この一穂の発言に何人もの子どもたちが反応します。

「そうだとわたしも思います。『おまんのわらぐつは、とてもじょうぶだよ』というのもちゃんとそう思っていたことを言っていると思う。」

「そう。赤くなったのは、どう答えようかと困ったんじゃないかなあ。」

「もしうそだったら、それを言うのは恥ずかしいというか、どうしようと思うから、わたしでも自然と赤くなると思う。」

こんな子どもたちの反応に、祐介がまた口を開きます。

「だったら、どうしてここで『まじめな顔』になるの?」

「それはさあ、少しぐらい格好が悪くても、使う人のために、いいわらぐつを作ろうとしたのに、自信をなくしていたから、おみつさんに、その考え方はいいんだよって、大工さんは言いたかったんじゃないかなあ。それを一生懸命言おうとしたから『まじめな顔』になったんだと思う。」

「わたしも同じで、おみつさんは、初めは少しぐらい格好が悪くてもはく人のことを考えてわらぐつを作ったのに、いろいろ悪口を言われて自信がなくなって、大工さんにもついあんなこと言ったんだと思うんだけど、大工さんは、おみつさんにそうじゃないと言いたかったんだと思う。だから、『まじめな顔』。」

「そう。おみつさんのわらぐつは、きっちり編みこまれていて、いいわらぐつだから、自信を持ってほしい。」

「こういう仕事をすると、使う人がうれしい気持ちになるから、自信を持ってほしい。そういうことを大工さんは、おみつさんにちゃんと伝えようと思って、真剣に言ったんだと思う。」

聴き合い学び合う教室になると魅力的なつながりが生まれるということを、よし子先生は、最近ますます強く感じていました。まさにこのときもそうでした。

祐介が出してきた「うそ」は、そうとも言えるしそうでないとも言えることです。ですから、「うそなのかそうでないのか」という考え方に陥っていったら、それは物語の味わいを損ない理屈ばった読み方になります。それはよいことではありません。ところが、子どもたちは、「うそ」を一つの考えとしてさらりと受け入れ、その上で、「まじめな顔」で語る大工さんのことに話題を移していったのです。しかも、そのことによってさらに大工さんのおみつさんに対する思いをはっきりさせていったのです。学び合う教室ならではの展開です。よし子先生は、その子どもたちのつながりに心打たれていました。

その一方で、よし子先生は、大工さんの「まじめな顔」にもう少し違った感じ方をしている自分に気づいていました。まじめな顔になって言った大工さんのことばは、おみつさんに言っているだけではないと思ったのです。子どもたちの発言をききながら、よし子先生は、何度もこの大工さんのことばを目でたどりました。するといつの間にか、おみつさんに言うというよりも、大工さんが自分自身に言っているように思えてきたのです。昭二がこだわった「まだわかぞうだけど」以降の大工さんのことばには、おみつさんが編んだわらぐつのような「そんな仕事のできる、いい大工になりたい」という思いが充満しているように思えてきたのです。

よし子先生は思いました。わたしが大工さんなら、おみつさんに教えてやろうなんて思わないわ。そんな偉そうなこと言えそうもないわ。それより、大工さんが憧れるようなことをおみつさんはもう実現しているんだから、教えてやろうというより、おみつさんのことを尊敬しているんじゃないかしら。だから、おみつさんとのやり取りをしているうちに、心の中にあることが出てしまったんだと思うわ。まるで自分自身に言っているかのように。そんな気がする。そんな自分自身が大切にしていること、すなわちそれが大工さんの「目標」なんだし、その「目標」を口にするからこそ、しかもそれをおみつさんにきいてもらうからこそ「まじめな顔」になったんだと思うわ。

それは、おばあちゃんになったよし子先生の作品観から感じられたことなのかもしれません。それをなんとしても子どもから引き出し教えたいというふうに考えるよし子先生ではありません。ただ、昭二が出した「わかぞう」をきっかけに「大工さんの目標」に子どもたちは気づいています。だったら、もう少し子どもたちの読みをきいてみたい、「大工さんの目標」という視点で読めば子どもたちにどんなことが生まれるかそれを知りたい、よし子先生はそんな衝動にかられました。けれども、子どもたちのなかから十分な兆しがまだ生まれていないのにそれを持ち出すことはできません。よし子先生は、わき上がってきた衝動をぐっとのみ込みました。

4

チャイムが鳴りました。授業時間終了のチャイムです。よし子先生は、ほほえみました。子どもたちがそれぞれの読みを出し合って、よくつなげて学び合えただけでうれしかったからです。これでまた次の時間が楽しみになったと思いました。

そのとき、ふだんあまり発言しない美咲がじっとよし子先生の方を見ていることに気がつきました。よし子先生は、美咲が何かを言おうとしていて、それはとても大事なことなのではないかと思いました。美咲がこんな表情をすることはめったにないからです。この時間の終わりに、それだけはきかなければ、それはよし子先生の直感でした。

「チャイムが鳴りましたね。この大工さんのことばについては、もう少し次の時間に考えようと思うんだけど、それで、最後にね、美咲さんが何か気づいたようなので、それをききましょう。」

指名を受けた美咲が、顔を赤らめながら恥ずかしそうに立ち上がりました。そして、一言一言区切るように、こう発言したのです。

「大工さんは……おみつさんを……見習いたいから、……おみつさんに……いつまでもわらぐつを作ってほしいんだと思います。」

「ああ。」

何人かの子どもからつぶやきがもれました。よし子先生もほおっと思いました。そして、心の中で美咲が言った「見習いたい」を繰り返すようにつぶやいてみました。すると、それは、ここまで多くの子どもが言っていた、おみつさんに自信を持たせたい、励ましたいといったことは趣を異にすることだとわかってきました。「見習う」ということは、大工さんがおみつさんの仕事ぶりに心底感動し、おみつさんのわらぐつから学びたいということだからです。

美咲はそのことに気づいたのです。おとなしい美咲だから、みんなの発言に割って入ってそれを言うことはできませんでした。けれども、自分の心の中に生まれた考えとのギャップは時間がたつにつれて増幅していったのでしょう。それが、美咲のからだや目に充満し、よし子先生がそれに気づくことになったのです。

すでに授業時間は終わっています。よし子先生は、子どもたちに語りかけました。

「おみつさんに自信を持ってほしいという大工さんの思い、このこと、たくさんの人が言ってくれましたね。それに対して、美咲さんは、おみつさんを見習いたいという思いがあると言ってくれました。そういえば、大工さんの『目標』ということを言っていた人もいました。」

子どもたちは、食い入るようによし子先生の話に耳を傾けています。それはまるで、この時間の一つひとつの考えを思い出しているかのような表情でした。

「それでね、みんなね、家に帰ったら、今日のみんなの話を思い出しながら、もう一度大工さんのことばを味わってみてください。そのとき、大工さんのこのことばだけでなく、物語全部をもう一度読んで考えるといいね。今度の国語の時間、またみんなのお話、きかせてくださいね。楽しみにしています。じゃあ、終わりましょう」

＊

よし子先生は、教室を出ました。職員室に向かうろうかを歩きながら、あらためて美咲のことばをかみ締めました。すると、彼女の発言はきっと子どもたちに確かな影響を及ぼすという確信のようなものが芽生えてきました。そして、それを契機として、大工さんがおみつさんというひとをかけがえのない大切なひととしていくその根幹に当たることが見えてくるのではないか、そういう期待がふくらんでくるのでした。

次の時間に子どもたちの話をきくのが楽しみ！

ろうかを歩くよし子先生は、自分の足取りがなんだかいつもよりずっと軽やかに感じたのでした。

＊

よし子先生が、「わらぐつの中の神様」という物語に魅力を感じるようになったのは、おばあちゃんになってからでした。おばあちゃんになったことによって、孫に語るみつおばあさんの心根がよし子先生のこころに飛び込んできたからだと言ってよいでしょう。

この日の授業は、孫に語るみつおばあちゃんのことを直接読んでいるわけではなく、おばあちゃんの昔話に出てくる大工さんとおみつさんのことを読んでいたわけです。けれども、よし子先生の心の中には、常におばあちゃんのすがたがありました。この大工さん、つまりおじいちゃんのことばを孫のマサエに語りきかせるみつおばあちゃんの顔が、よし子先生の心の中にずっと描かれていたのです。

この大工さんのことばにみつおばあちゃんは、どんな感慨を抱いていたのでしょうか。それは、大工さんとの出あいと二人のつながりの素敵さではないでしょうか。大工さんつまりおじいちゃんが、おみつさんつまりおばあちゃんに対してどんなに深いやさしさと尊敬の思いを抱いていたか、どんなに高い志を持った素敵な人だったたか、それがおまえのおじいちゃんなのだよ、そして、そんな素晴らしい出あいとつながりを生み出すきっかけを作ったのがわらぐつだったんだよ、と、そんな感慨を抱いて、みつおばあちゃんは語っていたのではないでしょうか。

子どもたちが言う「自信を持たせたい」「励ましたい」には、おみつさんに対するやさしさが色濃く表れています。それに対して、「見習いたい」には、尊敬の念が強く感じられます。おばあちゃんは、このことばにあふれるこうしたおじいちゃんの思いを雪下駄とともに心の中に大切に大切にしまっていたのです。そのことを考えると、この二つがともに子どもたちから出てきたことはなんともうれしいことだったのです。

5

大工さんのことばについて考えた授業から二日後、この日の授業は、大工さんとおみつさんの話がおばあちゃんとおじいちゃんが出あったときの本当の話であったことを孫のマサエに明かす、この物語の最後の場面でした。その授業が、子どもたちとの思い出の授業にしたいというよし子先生にとって、これほど忘れられないものになろうとは授業前には思ってもいませんでした。

*

この日の前日の授業、つまり大工さんのことばについての続きをした授業も、よし子先生にとっては楽しいものでした。美咲の「見習いたい」をきっかけに、大工さんがおみつさんのことを、そしてその大工さんのことをおみつさんが、どんなに尊敬するようになったか、子どもたちは、文章に即してやわらかく温かく読んでいったからです。子どもたちは、そんな二人が結ばれていったことを本当に素敵なこととして素直に受け取ってくれました。もちろん、ここまでに子どもたちが語っていた「おみつさんに自信を持ってほしい」といった考えを否定することはありませんでした。子どもたちは二者択一に考えなかったのです。そうではなく、大工さんの思いをますますふくらませるように味わっていったのです。よし子先生は、そういう読み方をする子どもたちのことがうれしくてなりませんでした。そして、読みの層を重ねること、互いの読みをきき合うことがどんなに素敵なことか、しみじみと実感しました。

そして、この日、とうとう「わらぐつの中の神様」の最後の授業になったのです。

*

授業は、大工さんとおみつさんの話が、おばあちゃんとおじいちゃんの本当の話であったことがわかるまでのマサエとおばあちゃんのやり取りを、楽しく想像しながら読み進めていきました。教室はなごやかな雰囲気で満ちあふれていました。それは、お互いの読みをきき合う楽しさとこの物語の持つ温かさとが一つになってもたらしたもののように思えました。

そんなおだやかさが、素朴な疑問をみんなにきいてみようとする祐介の気持ちを引き出したのでしょうか。突然、こんな疑問を出してきました。

「ぼく、どうしてもわからないことがあるんです。おばあちゃんが大切にしまっていたの、どうして雪下駄なんですか？」

おばあちゃんが大切にしまっていたもの、それは、押入れの棚の上の箱の中にいれられていた雪下駄です。それに祐介は疑問があると言うのです。物語ではこう書かれています。

「おみつさんて、それじゃ、おばあちゃんのことだったの。あら、じゃあ、その大工さんて、おじいちゃん。」

おばあちおゃんはうなずいて、おし入れのたなの上を指さしました。

「あの箱を持ってきてごらん。」

マサエは、すぐふみ台を持ってきて、たなの上から、ほこりだらけのボール箱を下ろしてきました。開けてみると、つうんとかびくさいにおいがして、赤いつま皮のかかったきれいな雪げたが、きちんとならんでいました。

「あら、きれいだ。かわいいね。」

「このうちへおよめに来るとすぐ、おじいちゃんが買ってくれたんだよ。だけど、あんまりうれしくて、もったいなくてね。なかなかはく気になれなかった。かざり物じゃないんだぞって、おじいちゃんに笑われたけど、そのうちにそのうちにと思っているうちに、年をとってしまってね。とうとうそれっきりはかずじまいさ。」

「うん？」

予想外の考えが出ることは日常茶飯事になっていましたから、よし子先生はたいていのことには驚きません。けれども、これには虚をつかれました。これまで何度もこの物語の授業を見てきたし、過去二回の五年生担任において自分でも授業をしています。けれども、そうした経験において、この祐介のような疑問には一度も出あいませんでした。

祐介の疑問は、よし子先生だけでなく、クラスの子どもたちにとっても意外なものだったようです。彼の発言の後、一瞬教室が静まりました。ほとんどの子どもが探るような目で教科書の文章に目をやっています。当の祐介はそんなみんなの様子を見つめじっと待っています。もちろんよし子先生の頭の中はフル回転、そしてはっと彼の言いたいことに気づきました。彼は、大切にされていたものは雪下駄よりもわらぐつであってほしかったんじゃないだろうか。うん、きっとそういうことを言いたいんだ。けれども、よし子先生は、そのことを言いませんでした。彼の疑問を子どもたちがどう受けとめるか、そしてそこからどんなことを発見していくか、そういう子どもたちの学び合いが生まれるのを待つことにしたのです。

やがて、沈黙を破るように、弘治が祐介に尋ねました。

「おばあちゃんが話しているように、雪下駄はさあ、おみつさんがほしくてたまらなかったものだから、それを大工さんが買ってくれたんだから、大事にしまっておいたんじゃない？その、どこが不思議なの？」

何人かの子どもが弘治に同調します。

「おみつさんがわらぐつを作って売ろうとしたのは雪下駄がほしかったからでしょ。その雪下駄を大工さんに買ってもらったとき、きっとものすごくうれしかったんだと思う。」

「下駄って、今で言えば靴だと思う。靴ははいたらすり減ってだめになるから、だから、そんなふうにしたくなかったんだと思う。」

「おばあちゃん、『もったいなくて』と言っているから、買ってくれたおじいちゃんの気持ちを大切にしたかったんだと思います。」

祐介は、こんなみんなの話を、一つひとつうなずきながらきいています。けれどもどこかしっくりしない表情です。それはそうです。彼の本当に言いたいことが伝わっていないからです。よし子先生は、ここらあたりで助け舟を出すことにしました。

「祐介くん。祐介くんは、箱に入っていたのが雪下駄だとどうして不思議なの?」

「うん。みんなの言うことはわかるんだけど……。だけど、おみつさんと大工さんが結婚できたのは、わらぐつがあったからだと思うんです。だったら、雪下駄よりもわらぐつが大事だから、わらぐつをとっておけばいいのに、と思うから」

「ああっ！」

そういうことだったのか、祐介くんの言いたかったことは……子どもたちの顔がぱっと明るくなりました。すかさずよし子先生が言います。

「その祐介くんの疑問、グループで話し合って。」

祐介のグループは、ゆりと明とのぞみの四人です。机をくっつけてグループになるとすぐ、明が勢いこんで口を開きました。

「あのさ、祐ちゃんの疑問きいて、ぱっと思ったんだけどさ、わらぐつは大工さんがはいたんじゃないかなあ。」

この明のことばをきっかけに四人の話し合いが始まりました。

「そやけど、おとつい、祐ちゃんが言ったように仕事場の仲間や近所の人に買ってやったというのがうそなんやったら、大工さんの家にいくつもわらぐつがあったということやろ。そやったら、それ、全部はくというのはおかしいやん。」

「ぼくは、大工さんが言ったのはうそやなくて、ほんとに仕事場の仲間や近所の人に渡してると思うんや。だから、大工さんはわらぐつをはいてたと思う。祐ちゃんはどう思う?」

「ぼくは、うそやと思ってるから……そのときは家にようけ(たくさん)あったと思うけど……」

「のぞみさんはどう思う?」

のぞみは口数の少ない子どもです。クラスみんなの話し合いのときはもちろんグループのときでも、積極的に自分の考えを言うことはありません。それがわかっているから、子どもたちはのぞみが話ができるように、こうして尋ねるようにしているのです。子どもたちの知恵です。

「わたしは……、わたしは、大工さんが言ったことはうそかどうかわからへん。そやから、

大工さんがわらぐつをはいたかどうかもわからへん。」

それをきいて、三人は一瞬黙りました。そしてゆりがこう言いました。

「そうや。そんなん、本に書いてないもん。そやから、大工さんがわらぐつはいたかどうかもわからへんのや。……もういっぺん、本、読んでみよ。」

わからなくなったら本文に戻る……それは、よし子先生が授業においていつもしてきたことです。どうやらそのことが子どもたちにしみこんでいるようです。四人は、小声で教科書を読みました。読んでいるうちに、ゆりが何かに気がついたようです。

「ゆりちゃん、何？　何かわかった？」

「うん。わたしな、おみつさんやで、……おみつさんやから雪下駄を大事にしまっといたんやと思う。大工さんやったら、祐ちゃんの言うように、わらぐつやったかもしれん。」

「ああ、そうかあ。雪下駄しまっといたんはおみつさんやもんなあ。わらぐつのことを『ほんとのいい仕事』って言ったのは大工さんやったもんなあ。それを大工さんは目標で見習いたいと思ってたんやから、大工さんやったら、わらぐつをしまっといたかもしれん。」

明が、やっとわかったというようにこう言ったのを受けて、祐介がこう言いました。

「ぼく、やっとわかったわ。この前の国語の時間にさ、大工さんの目標のこと考えたやん。そんな目標を持っている大工さんのことをおみつさんも好きになって結婚したんやって話し合ったやん。それから後、ぼくな、大工さんってええ人やなあって思ってたん。そやから、見習いたいと思ったわらぐつがいちばん大事なものやと思ったん。そやけど、それ、大工さんの気持ちなんや。」

「そうや。大工さんやったら、やっぱりわらぐつやろなあ。」

こんなやりとりをのぞみはうれしそうにきいていました。そして、今度は自分から話し始めました。

「おみつさんは、わらぐつも大事やったんやけど、でも、結婚した後、すぐ大工さんが、自分のいちばんほしかったものを買ってくれたから、それがめっちゃうれしかったんやと思う。」

「わたしもそう思うわ。昔のことやから、その時代にはそんなにプレゼントなんかもらええへんと思うけど、大工さんに買ってもらったんやもん。そんだけ大工さんがおみつさんを大切に思ってくれたんやから、わたしやったら、もう、ものすごくうれしいわ。」

「もしかしたら、大工さんがおみつさんのわらぐつを見習って仕事をして、それで貯めたお金で買った雪下駄かもしれん。そうやったら、もっとうれしいやろなあ。」

「そうやなあ。」

「おみつさんが雪下駄を大事にしてた気持ち、わかるなあ！」

グループの学び合いの時間が終わり、子どもたちは机を互いに向き合うコの字型に戻しました。それぞれのグループでいっぱい話し合った子どもたちは、言いたいことがいっぱいという表情です。

「じゃあ、きかせてくれる！」

よし子先生のこのことばをきっかけに、先生とクラスみんなの『わらぐつの中の神様』最後の学び合いが始まりました。

6

「おばあちゃんになったおみつさんって、もう六十歳は越えているんでしょ。だって、孫のマサエが私たちと同じくらいの年齢になっているんだから。」

わらぐつではなく雪下駄を大事にしまっていたおばあちゃんのことを、みんなで納得したころでした。一穂が何かに気がついたというようにクラスのみんなに語りかけました。子どもたちがこの一穂の語りかけに反応します。

「うん。」

「そのくらいの年齢になるなあ。」
「先生んちのお孫さんが一年生だから、やっぱりそれくらいだと思う。」
「ひょっとしたら、七十歳になってるかもしれやん。」

そんなみんなの反応を受けて、一穂が話を続けます。

「だとしたら、大工さんとのことがあってから、四十年以上たっていることになるでしょ。わらぐつを作っていたおみつさんって、二十歳くらいだと思うから。」
「うん。」
「わたし、すごいと思う。だって、その雪下駄、四十年、残しておいたんだから。」

本当に感激したように言ったこの一穂のことばは、またたく間にクラスのみんなに広がりました。

「そうやなあ。四十年って、すごいなあ。」

「それにさ、おばあちゃんは、押入れの棚の上を指差して『あの箱を持ってきてごらん』と言って、マサエはすぐ持ってきたやろ。すぐ持ってこれるようなところに、そんな四十年も前の物をちゃんと置いてあるなんてさあ、やっぱりすごい。」

こう言ったのは光代です。教科書の文章を持ち出しての発言です。よし子先生は、すかさず、ここで該当の部分を音読するよう言いました。指名を受けた雅史が音読をします。きいている子どもたちの頭の中には、雪下駄の入った箱が浮かんだことでしょう。

＊

音読が終わると、また子どもたちの発言が続きます。


「おばあちゃん、いつでも見られるように、わかるところに置いていたと思う。」

「わたしもそう思います。これまでときどきは見てたのかもしれない。」

「だけど、『かびくさいにおいがして』と書いてあるから、あんまり見てないんとちがう?」

「わかった。四十年もあったから、ときどきは見てたんだけど、年取ってからは、見てなかったということやと思う。」

「おみつさんは、それくらい雪下駄を大事に思ってたんや。」

「雪下駄って、おみつさんにとって宝物やったんやと思う。」

「宝物かあ！」

「そうやなあ。」


子どもたちは、すっかり納得したようです。満ち足りた表情です。七十歳近くになってもこんな素敵な宝物を持ち続けていることの幸福感が、子どもたちを包んでくれたのでしょう。よし子先生は、自分たちだけでこんなにも豊かに物語を感じ取っていく子どもたちがますますほこらしくなりました。それは、若いときの授業では一度も感じたことのないものでした。

そのときです。美咲が、また、何か言いたそうによし子先生を見つめたのです。その視線を感じたよし子先生は、一昨日のことがあるので、おさえきれないほどわくわくしました。また何か素敵なことを言ってくれるのではないか、この時間で「わらぐつの中の神様」の授業は最後になるだけに、それは素晴らしいことのように思えました。

高揚する気持ちをおさえながら、よし子先生は、美咲の名を呼びました。

「美咲さん、お話しして！」

すると、美咲は緊張した顔で立ち上がりました。そして、みんなにではなく、よし子先生に向かって、こう話したのです。

「先生！　先生は、先生のお孫さんに見せたいと思うような宝物ってありますか？　あったとしたら、それってどんな物ですか？」

そう言って、美咲は、遠くを見つめるような目をしました。

その質問はあまりにも唐突でした。よし子先生は、まさか自分のことをこのようにきかれるとは思ってもいなかったからです。あわてて、よし子先生は、孫の顔を思い浮かべました。そして、自分は、孫に、どんな話をしてやっただろう、何を見せてやっただろうと考えました。よし子先生は美咲の顔を見ました。そして、何をどう話そうかと思いめぐらしました。そのとき、チャイムが鳴りました。よし子先生は、なんだかチャイムに救われたような気持ちになりました。でも、その一方で、大事なことに気がついたのです。それは、美咲がお母さんと二人暮らしであり、もしかしたら、おじいさん、おばあさんとのつながりがないのかもしれないということでした。

そう気がついて、よし子先生は胸が熱くなりました。おばあちゃんのいない美咲はこんな素敵な昔話をききたくてもきけないのです。その美咲が、よし子先生に「孫に見せたい宝物は何?」という質問をしたくなったのです。その気持ちが、強く強くよし子先生の心に迫ってきました。

「美咲さん、質問、ありがとう。でも、チャイムが鳴ったから、その答えは明日でいいかなあ。それでね、せっかくだから、その実物を持ってきて、先生のところの孫に話しているように、美咲さんやみんなにきいてもらうことにしたいと思うんだけど、いいかなあ?」

「うわあ、いいよ、いいよ!」

「先生、わたしも、家に帰ったら、わたしのおばあちゃんにきいてみよ!」

「うん、ぼくも、おじいちゃんにきいてみよ!」

思いがけない子どもたちの盛り上がりです。

祖父母のいる家庭では、今夜、おじいちゃんおばあちゃんと孫とのふれあいが生まれるかもしれません。そうしたら、そこでこの「わらぐつの中の神様」の物語が読まれたり、おじいちゃんおばあちゃんの昔話が語られたりするでしょう。それはよし子先生が仕組んだことではなく自然の成り行きでした。でも、よし子先生には、これ以上ない成り行きだと思えました。

今夜は、久しぶりに「あれ」を出してこよう。長い間、あのこと忘れてたなあ。美咲さんに尋ねられて、思い出しちゃった。明日学校に持ってこなくちゃ。

美咲さん、明日は、わたしがあなたのおばあちゃんですよ。わたしの本当の孫よりも前に、あなたがわたしの孫だからね。わたしの宝物を楽しみにしていてね。

よし子先生は、心の中で美咲にそう呼びかけたのでした。

（出典・杉みき子「わらぐつの中の神様」『国語』五下、光村図書）

5−2
今月の
しずかに
あるこう

おわりに

――目の前で学んでいる子どもの内で、今、どのような考えや思いがわき起こっているのだろうか。何に気づき、何に驚き、何につまずき、何に喜びを感じているのだろうか。

――子どもたちは互いの考えをどのように受けとめ合っているのだろうか。そのつながりの中に、どのような子どもの発見と学びが潜んでいるのだろうか。

――子どもの学びに向き合っている教師の内では、その瞬間、瞬間に、どのような葛藤と判断と子どもたちに寄せる思いが生まれているのだろうか。また、そこにどのような苦悩があり、その苦悩に立ち向かう挑戦があるのだろうか。

――そして、子どもたちの新鮮でやわらかな気づきと発見が魅力的な学びに昇華するとき、そこに、子どもと教師のどのような思考が存在し、授業者である教師のどのような情念が存在するのだろうか。

授業者として二十三年間を過ごし、現在は外部協力者として多くの教室を訪問しているわたしが常に考えてきたのはそういうことでした。それは、そこにこそ、学びを媒介に向き合う子どもと教師の真実のすがたがあり、それこそ授業の世界、学びの世界だと思ったからです。

しかし、それらは、子どもや教師の内面に生まれているものであるとともに、学び合う子ども相互のつながりや、教師と子どものことばにならないかかわりは、教室の空間にただようように存在するものでした。そういう意味で、少しでもその世界をとらえようとすれば、その内なる声を聴き、見えないつながりを感じ取らなければならなかったのです。それは、わたしにとって気の遠くなるほど難しいことでした。わたしは、そういう耳と感受性に憧れました。

教師が一方的に教える授業ではなく、子どもの考えと子ども相互の関わりを軸に、テキストや課題へのアプローチによって子どもとともに学びを生み出す「学び合う学び」（拙著『「学び合う学び」が生まれるとき』世織書房、参照）を希求するわたしにとって、この学びのありのままのすがた、つまり「学びの素顔」をとらえようとする営みは欠かせないことでした。

わたしも含め、日本の教師がこれまでに綴ってきた授業実践記録は、教師の側から描きだしたものばかりだったのではないでしょうか。しかもそれは、授業の方法や、教師の手立てを重視したものに偏っていたように思います。それはそれで価値あることにちがいないのですが、わたしが考える授業の世界、学びの世界はそれだけでは描ききれないと、ずっと考えてきました。それは、前述したような内なる声や見えないつながりが表しにくいものだったからです。

授業の進行とともに刻々と移り変わる教師の内なる声を描き出したい、これまでの授業実践記録ではほとんど描き出されてこなかった学ぶ子どもの内なる声を描き出したい、子どもと子ども、子どもと教師の間を流れる見えない思考や思いのつながりを表現したい、それは、ずっとわたしがゆめのように願ってきたものでした。

ゆめを追い続けて何年たったでしょうか。あるとき、ふっと一つのひらめきが生まれました。それは、実際に出あった授業における出来事をもとに、授業者である教師と子どもの学びの物語を、わたしの何年にも及ぶ経験に基づく想像によって描き出してみてはということだったのです。そうすれば、教師がどのように子どもの事実をとらえて、どう判断し、どのように子どもの学びを生み出していったのか、また、そのような教師の関わりを子どもはどのように受け取り、どのように学びを深めていったのか、その実像を一つの事例として具体的に浮かび上がらせることができるのではないかと思ったからです。それは、フィクションではあるけれど、わたしの考える「学びの素顔」に限りなく近いように思われたのです。

こうして、本書に収めた五編の物語が生まれました。若いころからたくさんの児童文学を読んできた経験があるとはいえ、物語としてはなんともつたないものです。しかし、少なくとも、これまでの授業実践記録では表せなかった子どもと教師の授業の世界、学びの世界を少しは描き出せたのではないかとも思います。そのうえ、幸運なことに、絵本作家である服部美法さんに絵を添えていただきました。服部さんが描かれた『もりのちいさなはいしゃさん』（山画廊）を見て以来、彼女の絵の美しさ、温かさに魅了されていて、本書の出版が現実のものとなる中、この物語に服部さんの絵を添えていただけたらどんなによいだろうかと思うようになり実現しました。本当にありがとうございます。

最後に、この五編の物語に、貴重なヒントをもたらしてくれた授業者の方々、そして、それ以上に、私のイマジネーションをかき立てるような鮮烈な事実を与えてくれた子どもたちに、厚く厚くお礼申し上げるとともに、わたしのつたない物語に深い理解と共感を示し、本書の刊行にご尽力いただいた世織書房の伊藤晶宣さんに心から感謝のことばを申し上げます。

二〇〇九年五月五日

石井順治

〈著者紹介〉

石井順治（いしい・じゅんじ）

1943年生まれ。三重県内の小学校で主に国語教育の実践に取り組むとともに、氷上正氏（元・神戸市立御影小学校長）に師事し「国語教育を学ぶ会」の事務局長、会長を歴任する。その後、四日市市内の小中学校の校長を努め、2003年３月末退職。退職後は、佐藤学氏と連絡をとりながら、各地の学校を訪問し授業の共同研究を行うとともに、「東海国語教育を学ぶ会」の顧問を務め、「授業づくり・学校づくりセミナー」の開催に尽力している。

著書に、『ことばを味わい読みをひらく授業』（明石書店、2006年）、『授業づくりをささえる』（評論社、1999年）、『聴き合う　つなぐ　学び合う』（自費出版、2003年）、『教師が壁をこえるとき』（共著・岩波書店、1996年）、『シリーズ授業・国語Ⅰ・漢字の字源をさぐる』（共著・岩波書店、1991年）、『「学び合う学び」が生まれるとき』（世織書房、2004年）などがある。

服部美法（はっとり・みほ）

1968年生まれ。三重大学教育学部美術科絵画専攻卒。1990年から三重県内で小学校教員をする。1998年より創作活動を始め、1999年３月に退職し、創作活動に専念する。以後、山画廊（四日市）で毎年作品発表。2001年、子供の本専門店「メリーゴーランド」（四日市）主催の「絵本塾」に参加。2007年、三重県立美術館にて「絵本原画の魅力」展開催。この間、各地にて絵本原画展、読み聞かせ会開催。

作品に、絵本「もりのちいさなはいしゃさん」（絵・服部美法＋文・上平川侑里、山画廊、2004年）、絵本「もりのちいさなはいしゃさん２　やくそくのおはなみ」（絵・服部美法＋文・上平川侑里、山画廊、2007年）がある。

学びの素顔——物語で描く「学び合う学び」

2009年8月1日　第1刷発行©

著　者｜石井順治
装・挿画｜服部美法
発行者｜伊藤晶宣
発行所｜(株)世織書房
印刷所｜三協印刷(株)
製本所｜三協印刷(株)

〒220-0042　神奈川県横浜市西区戸部町7丁目240番地　文教堂ビル
電話045(317)3176　振替00250-2-18694

落丁本・乱丁本はお取替えいたします　Printed in Japan
ISBN978-4-902163-46-9